Un moment de vérité

Véronique Margron
avec Jérôme Cordelier

Un moment de vérité

Albin Michel

Avant-propos

Le scandale s'est propagé, sans mot dire, sans maux dire, discrètement. Il s'est infiltré dans les rouages d'une institution façonnée par une culture du secret, pendant des millénaires. Et longtemps, très longtemps, ses responsables se sont tus. Ce grand silence, ce mutisme érigé en système a bouleversé des vies déjà dévastées par le mal à leurs commencements, au temps de l'innocence, et maintenant que la vérité éclate au grand jour, c'est un monde qui s'effondre. L'Église catholique tout entière se retrouve pointée du doigt. Ceux qui lui ont consacré leur vie, qui l'incarnent, sont entachés de soupçon, alors que bien souvent ils sont eux-mêmes ravagés en leur for intérieur par ce qu'ils apprennent. Quelle que soit leur qualité d'être, leur abnégation pour beaucoup, leur grandeur pour certains, leur sainteté même, la société croit de moins en moins en leur vertu. Parce que certains de leurs pairs ont failli, et que l'on découvre qu'ils sont de plus en plus nombreux chaque jour. Parce que ceux qui ont la charge de les diriger ont caché ces crimes – c'est ainsi qu'il faut nommer ces actes –, disons-le nettement puisque nombre d'entre eux se montrent encore réticents à le faire. Masquer l'horreur pour sauvegarder la « maison commune », comme l'on dit dans les textes sacrés. Et, parce que ces scandales ont été mal gérés, ou en tout cas bien tardivement, sous la pression de l'opinion, une immense tache voile l'activité de l'ensemble et désigne des milliers d'hommes et de femmes qui s'engagent, souvent dans l'ombre, pour le bien commun, à la vindicte publique.

Quand les scandales d'abus sexuels au sein de l'Église catholique ont commencé à devenir sujets médiatiques, j'avoue que je restai un peu sceptique. Faute professionnelle ? Les révélations se succédaient, une lave de colère et d'indignation se répandait dans les chaînes d'information continue, à la une de journaux réputés, on voyait évêques, cardinaux, et le pape, même le pape !, coursés par des reporters TV, du grand spectacle médiatique ; micros et caméras interrogeaient des victimes avec une complaisance parfois malsaine… Une belle opportunité de « se payer » le « parti de la calotte », comme l'on disait jadis, cette Église passéiste professant le Bien quand ses responsables se muraient dans le silence et fermaient les yeux sur des crimes sordides. La révélation d'un système pédophile ? Engrenage diabolique ! Présentation binaire, chevaliers blancs contre seigneurs de la foi drapés dans leurs certitudes, « panurgisme » médiatique… Nous, journalistes, n'en faisions-nous pas trop ?

« Non, pas assez… »

Cette parole, c'est Véronique Margron qui me la lâcha alors que nous discutions à bâtons rompus et que je lui faisais part de mes indignations et de mes doutes, contre l'effusion cathodique, contre le mutisme catholique. « Sans les médias et les associations de victimes, ces affaires n'auraient jamais été révélées », assurait mon interlocutrice, bien avant que quelques responsables de l'Église puis le pape François finissent par le reconnaître eux aussi, sous la contrainte. C'était la première fois que j'entendais quelqu'un de l'intérieur, une voix qui compte au sein de l'Église de France, admettre sans fard la réalité déniée par nombre de ses pairs. Et c'était une femme. Une femme dans un monde d'hommes. Une religieuse prête à monter au front, debout, face à l'innommable. Sœur Véronique Margron fait partie des lanceurs d'alerte qui ont permis une prise de conscience au sein de l'Église de France, après bien des atermoiements, jusqu'à la création, à la fin de l'année 2018, d'une commission indépendante présidée par un haut fonctionnaire à l'intégrité reconnue, Jean-Marc Sauvé, vice-président honoraire du Conseil d'État, et composée de personnalités respectées – des juristes, des psychiatres, des sociologues –, mais dont le travail – colossal puisque la mission qui leur est confiée consiste à faire la vérité sur les affaires de pédophilie depuis 1950 – n'aboutira pas avant quelques années.

Responsable dominicaine, grande intellectuelle, Véronique Margron est une figure catholique. Cette théologienne réputée a longtemps été professeur, aux Instituts catholiques de Paris et d'Angers, elle a publié nombre d'essais remarqués, elle est connue pour ses prises de position, souvent percutantes mais toujours démonstratives, étayées.

Véronique Margron, c'est un petit bout de femme énergique, se tenant droit, tendue, parlant vite, une pensée qui fuse, à la fois pragmatique et réfléchie, tranchante, mais pédagogique, l'esprit alerte, toujours en mouvement et ouvert. Une intellectuelle, certes, mais avec un casque de chantier sur la tête, puisque sœur Véronique est aussi prieure provinciale des dominicaines de la Présentation, congrégation fondée au XVIIe siècle par une laïque, la Française Marie Poussepin, et dévouée à l'apostolat social en France et dans trente pays (en Afrique, Asie, Amérique du Sud…), la patronne d'une communauté.

Cette générale en chef a appris la théologie morale, auprès d'un prêtre salésien, Xavier Thévenot, ce qui consistait, m'expliquait-elle quand j'étais venu l'interroger pour un livre précédent[1], à « se confronter à la mort, à la souffrance, à l'échec de l'existence, à l'absurde, bref, à toutes les questions autour de l'acte d'exister et de l'art de vivre ».

Ce travail a mené la religieuse à écouter les victimes d'inceste et de pédophilie, un exercice, pardon un sacerdoce, qu'elle pratique aujourd'hui depuis plus de vingt ans.

Quelque temps après notre première rencontre, j'allais une nouvelle fois sonner au couvent dans lequel travaille et loge sœur Véronique, au cœur de Paris, afin, cette fois, de l'interroger pour un article[2]. Présidente de la Conférence des religieux et religieuses de France (Corref) – première

---

1. *Au nom de Dieu et des hommes, la grande saga des franciscains, dominicains et jésuites (XIIIe-XXIe siècles)*, Fayard.

2. *Le Point*, 26 juillet 2018.

femme nommée à ce poste –, Véronique Margron venait d'interpeller ses pairs par un petit texte coup de poing.

Il commençait ainsi : « Quelle parole tranchante comme le glaive saura déchirer un obscurantisme moral, un idéalisme aveugle et meurtrier, une fraternité dévoyée ? Quelle parole tranchante dans nos propres communautés pour reconnaître notre implication dans les effets du mal et rompre avec nos réactions encore trop souvent défensives ? » Ces mots, Véronique Margron les a prononcés le 11 juin 2018 devant cent vingt religieux et religieuses réunis pour une journée de sensibilisation sur le thème « Abus sexuels et pédophilie ». Cette journée particulière, c'est elle qui l'a voulue et qui a choisi de l'inaugurer par les témoignages de trois victimes de prêtres pédophiles. « Quand vous commencez par écouter, m'avait alors expliqué Véronique Margron, vous plongez dans la réalité du crime, et un certain nombre de fausses questions tombent d'elles-mêmes, celles qui font dire trop souvent "ces histoires sont tellement vieilles", "ceux qui les sortent en veulent à l'Église"… Tous ces lieux communs ne résistent pas face à l'extrême gravité du propos. Impossible de parler de complot, d'exagération, d'Église assiégée, on est dans la tragédie. L'auditeur prend conscience du désastre qui a fracturé une vie. » Ce jour-là, le premier témoin, Olivier, confie aux religieux et religieuses qu'il a été agressé quand il était scout par le tristement célèbre père Bernard Preynat, le prêtre au cœur du scandale pédophile de Lyon que le cardinal archevêque Philippe Barbarin fut accusé d'avoir couvert. Le jeune homme raconte que, dès qu'il a pu, il a fui la ville pour se réfugier dans un monastère du Sud. Il y a passé vingt ans comme moine. « Il nous a dit comment ce monastère l'a protégé, c'était bouleversant, se souvient Véronique Margron. Nous étions confrontés aux deux faces de la vie religieuse, l'une sombre et l'autre lumineuse. » Le deuxième témoin s'appelle, lui aussi, Olivier : ce quadragénaire a été victime dans un camp de jeunes d'un prédateur aumônier et, des années après cette « nuit d'horreur », se rendant compte que celui-ci, impuni, exerçait toujours comme prêtre, a mené une enquête poussée afin de fédérer autour de lui d'autres victimes et le confondre. Le troisième témoin est une femme : Véronique confie à l'auditoire sidéré comment, enfant, elle a été agressée plusieurs fois par un prêtre ami de la famille. Elle dit aussi son refus d'en parler pendant des années, souffrant d'amnésie traumatique, comme disent les spécialistes. Un jour, poursuit-elle, tout est remonté, elle a alors écrit à son évêque, celui d'Orléans, Mgr Jacques Blaquart – elle avait déménagé entre-temps –, qui, depuis trois ans, échange avec elle et est devenu l'un des prélats français les plus en pointe sur la question. « À l'écoute de cette victime, cet évêque s'est converti, constate Véronique Margron. Il se montre très déterminé dans son action, répétant souvent : "Il nous faut transformer l'Église en maison plus sûre." »

« Transformer l'Église en maison plus sûre. » Associée à d'autres, depuis longtemps, sœur Véronique s'est attelée à la tâche, avec le souci constant de replacer les victimes au centre de l'attention, en mettant au jour la crise systémique de l'Église, un système d'omerta qui avait étouffé leurs cris et, se perpétuant, atteint le sacré en son cœur même.

Avant-propos

Ce livre est né de cette colère, aujourd'hui largement partagée. Il n'a, toutefois, pas pour objectif de juger mais de comprendre et, surtout, de proposer quelques pistes de réflexion pour empêcher que le scandale perdure et… se répète. Il ne se veut pas une dénonciation de plus – elles sont nombreuses sur la place publique désormais –, il s'agit d'aller plus loin, de réfléchir aux racines du mal, aux facteurs théologiques, et pas seulement institutionnels, qui l'ont rendu possible. Le but de ces pages est de poser le débat, d'ouvrir largement ses contours et de proposer une voie de renouveau spirituel. Ce plaidoyer vif, vigoureux est un texte de combat, celui d'une croyante bouleversée sur son chemin de foi par un scandale historique, d'une religieuse engagée et accablée par la faillite morale d'une institution à laquelle elle a donné sa vie, d'une écoutante qui fait corps au plus près avec les douleurs de victimes qu'elle écoute depuis tant d'années, d'une théologienne interpellée sur le sens de textes sacrés et la nécessité de leur refondation. L'Église marque désormais sa volonté d'agir contre ce fléau. Le pape François presse ses évêques dans cette lutte, prend des mesures radicales contre ceux qui l'entravent et veut « libérer » l'institution d'une culture qui a permis de couvrir de tels crimes. Le travail commence tardivement mais il est en cours. Forte de son expérience, de sa stature intellectuelle et de sa position au sein de l'institution ecclésiale, Véronique Margron apporte sa pierre à ce nouvel aggiornamento vital pour l'avenir du catholicisme.

Jérôme Cordelier

Mon Credo

Mon attention aux récits douloureux, traumatiques, vient peut-être déjà de ma découverte de la foi, de cette étrange et bouleversante rencontre avec le Christ, à travers la rencontre de témoins ordinaires. Je ne me voyais pas mener une vie lisse, elle ne le fut d'ailleurs pas, et, si la douleur a bien souvent été partie intégrante de mon existence, je n'imaginais pas rechercher le Christ sans entrer dans le bouleversement de la douleur des hommes.

Alors que je travaillais à la Protection judiciaire de la jeunesse, s'est enracinée en moi une sorte de passion, de hantise peut-être aussi : *combattre la fatalité de l'histoire*. Cette attirance est un trait de ma vie qui explique sans doute, en partie, ma proximité avec les victimes d'abus sexuels, mais aussi avec des parents endeuillés ou encore des personnes ayant vécu des échecs affectifs très douloureux. Combattre la fatalité de l'histoire… Quand j'entrais dans la vie de ces « jeunes en danger », que je découvrais leurs familles éclatées « façon puzzle » – ou plutôt façon chaos –, je me disais : « Mais ont-ils connu, un jour, une vie qui ne soit pas déstructurée ? Ont-ils côtoyé quelqu'un qui soit un peu unifié et aimant de juste manière, bienveillante ? » Chemin faisant, la vie chrétienne s'est révélée pour moi comme un anti-destin, car croire en un Dieu fait homme, confesser qu'il est mort, crucifié et que cette mort sauve, est un anti-destin qui sauve de toute fatalité.

À leur contact, j'ai beaucoup appris. Déjà à ne pas se cacher : dans ces métiers c'est impossible, car il n'y a pas de filets de protection. Il faut agir à mains nues, acceptant les remises en cause et les doutes. J'ai été confrontée à des familles déchiquetées par la violence, par la désertion de pères et de mères qui n'étaient pas nécessairement de mauvaises personnes, mais qui manquaient de fiabilité, de cette fiabilité qu'eux-mêmes n'avaient souvent jamais rencontrée. Les jeunes que j'accompagnais avançaient dans la vie comme s'ils avaient une pancarte autour du cou avec la mention : « Cherche adulte fiable… Un adulte qui tienne debout ». Ils étaient en attente de quelqu'un sur qui pouvoir s'appuyer, ne serait-ce qu'un temps… La fiabilité, voilà notre responsabilité à toutes et tous, quelle que soit notre place dans la société. Entendons-nous bien, il ne s'agit pas d'être infaillible : chacun a des limites, des blessures, des failles. Mais malgré tout, il nous incombe d'être suffisamment crédibles, cohérents, ajustés.

Il me revient en mémoire le témoignage d'une jeune femme qui avait été violée par son médecin ; elle s'était confiée à moi et sa plus grande peur était que je refuse de continuer à la recevoir, par peur de faire face à la gravité de sa parole, à l'horreur de ce qu'elle avait subi. Des craintes de ce type, j'en ai entendu souvent de la part de personnes qui avaient éprouvé des traumatismes. Je percevais dans ces paroles que ce qui était attendu, espéré de moi, n'était pas de savoir quoi faire, d'avoir des réponses, mais de *ne pas déserter*. Ne pas délaisser le lieu du drame, ce lieu insupportable parce qu'il a le goût et l'odeur de la mort. Rester là. Me tenir là. Dans ce milieu de jeunes en danger, j'ai appris à pouvoir entendre, à écouter des récits difficiles, durs. Les recevoir aussi entre les lignes, sans chercher à savoir, sans insister, recevant avec gratitude ce qui est donné.

Croyante et dominicaine

Je suis d'abord chrétienne, ou à tout le moins j'essaie de le devenir. J'accomplis ce voyage escarpé au sein d'une tradition, la tradition catholique que je vis du dedans de ma vie dominicaine que je partage avec d'autres, mes sœurs en communauté, les frères, les sœurs moniales, les amis laïcs de l'ordre de saint Dominique. Nous tous cherchons, chacun à notre façon, avec passion à annoncer une Parole vivante qui soit une bonne nouvelle pour les femmes et les hommes de ce temps.

Je ne suis guère une adepte du mot « conversion », tout en en connaissant bien la force telle qu'elle transparaît des récits bibliques. Mais, de nos jours, le terme revêt un aspect spectaculaire qui ne me convient pas. Je n'ai pas vécu de révélation soudaine, impérieuse, bouleversante.

Et s'il fallait parler de conversion aujourd'hui, ce serait de celle de l'Église, à l'instar de Paul « précipité à terre » sur le chemin de Damas (Ac 9, 3). Il se croyait juste, fidèle parmi les fidèles, et il va se découvrir persécuteur. L'Église, elle aussi, était aveugle de la vérité, de la souffrance infligée par certains de ses membres aux plus fragiles. Et elle s'est fait renverser par le cri des victimes, après tant de douleurs enfouies ; comme un geyser qui à force d'infiltrations finit par jaillir des souterrains de la douleur et de la honte.

Je suis devenue croyante en marchant de rencontre en rencontre, en lisant les Évangiles, en écoutant des croyants, en me confrontant à la prière, en m'imprégnant, avec tant d'étonnement au début, du silence des monastères. Ma foi est constituée de cet alliage. Pour moi, le cheminement spirituel a toujours consisté à aller à la rencontre de ce qui advenait, de ce qui était rendu possible, sans *a priori*, les yeux ouverts. J'ai avancé en quelque sorte en autodidacte et avec prudence sur cette terre religieuse, sans la prendre pour la Terre promise, pour un idéal ou un aboutissement. Aujourd'hui où l'Église fait face à des scandales profonds et à une remise en cause d'elle-même essentielle, c'est mon itinéraire personnel qui me soutient. Car je n'ai jamais attendu de cette Église qu'elle soit parfaite et ne l'ai jamais non plus imaginée comme telle. Je n'ai pas davantage idéalisé l'ordre religieux que j'ai rejoint.

Je dois au « bain » dominicain le goût de l'étude, de la confrontation à d'autres paroles, à commencer par celles de la Bible, de la théologie, mais aussi de la philosophie ou des sciences humaines. J'y ai appris la passion de comprendre autant que de se laisser toucher, déplacer, instruire par d'autres, et d'abord par le Dieu fait chair, par l'interprétation des Écritures.

De plus, j'ai eu l'opportunité de suivre une partie de mes études de théologie en continuant à travailler avec des mineurs en danger. Ce fut sûrement une expérience fondatrice : je plongeais dans la théologie sans pour autant décoller du réel. Comment parler de Dieu, dont j'affirme qu'il s'est fait solidaire de l'histoire des hommes, si je n'ai pas les pieds dans la glaise ? Avant que la raison puisse tricoter le monde des écrits et des concepts avec la réalité, c'est la vie, en chair et en os, la vie par le corps et par les pieds qui fait pont entre deux complexités : celle de la pensée et celle de l'existence concrète.

J'ai commencé l'apprentissage de la théologie morale sous le regard d'un maître, Xavier Thévenot, prêtre salésien de l'institut religieux fondé par Don Bosco au XIXe siècle et centré sur l'éducation. Cet homme hors du commun a eu une influence déterminante sur ma vie. Fin connaisseur de la psychanalyse, il avait décidé de faire sa thèse en théologie morale sur les homosexualités masculines. Pour mener à bien sa recherche, il avait choisi de rencontrer des personnes homosexuelles et était resté lié à nombre d'entre elles, exerçant une écoute active, bienveillante autant que discrète, pudique. À partir de là, toute une part de sa vie fut consacrée à l'accompagnement, comme un engagement singulier indispensable à la justesse de son enseignement universitaire. Il façonnait sa théologie en la nourrissant sans cesse de la Bible, de la tradition et de l'expérience humaine de ces vies écoutées qui étaient pour beaucoup des vies malmenées, douloureuses, et de son expérience personnelle aussi, dans la confrontation à une dure maladie. Mes longues années de compagnonnage avec lui forment toujours la colonne vertébrale de ma foi, de mon engagement dans les questions éthiques, de mon implication bien concrète pour des femmes et des hommes. Quand je ne sais plus comment croire en une vie sensée, devant des destins chaotiques, quand un malheur lamine, quand une agression, un crime, vient bouleverser l'ordre des choses, je sais ce que je dois à ce maître discret, qui me soutient toujours.

Il me semble que je suis devenue catholique en suivant ce tissage entre l'expérience et la réflexion, entre la parole et le silence, entre le singulier et le pluriel, entre l'intériorité et l'expression communautaire de la foi. J'ai appris à connaître ma tradition, à l'aimer autant qu'à la relativiser car elle n'est là que pour être au service du Christ et de son Évangile. *Elle n'est pas là pour elle-même.* Ce parcours, où la marche ne finit pas, m'a toujours incitée à aimer aussi les marges, les seuils, ces endroits où l'on peut entrer et sortir. Je préfère souvent ces zones périphériques car la marge, c'est la place où l'on discute, où il y a de la liberté pour réfléchir, pour annoter, proposer une autre écriture. C'est souvent en ces lieux que se rencontre l'altérité.

Dans les moments de fortes tensions que nous traversons dans l'Église, être vraiment membre de la communauté qui confesse le Christ, mais aussi de l'institution qu'elle représente sans pour autant me confondre avec elle, autorise peut-être plus facilement les pas de côté, une liberté qui n'enlève rien à la loyauté.

Le Dieu de ma foi

Qu'est-ce que la foi pour moi ? Avant tout, une intime et mystérieuse conversation. Un étrange entretien avec mon Dieu, mais aussi avec les Écritures ou encore avec tout ce qui fait la vie des personnes que je rencontre, que j'aime, pour lesquelles je crains, je m'inquiète. Afin que cette conversation se tienne, j'ai besoin de m'appuyer sur une tradition, une communauté, pour l'étayer, l'éprouver, la conforter. Je ne peux mener cette conversation que parce que, avant moi, des centaines de générations l'ont entretenue. Je poursuis un dialogue et une quête engagés depuis des millénaires par d'autres que moi. Il est si facile de se fabriquer des idoles, des petits dieux à sa mesure, en fonction de ses intérêts et de ses représentations. Ma tradition, la lecture biblique et la vie ensemble m'aident sans cesse à me remettre face au vrai Dieu, aussi proche qu'insaisissable, aussi présent que caché. Ce silencieux dialogue se poursuit au creux de ce qui tisse les jours, rencontres, réflexions et lectures, responsabilités, soucis plus ou moins ordinaires, bref tout ce qu'il y a à accomplir « sous le soleil », comme dirait le sage Qohélet.

Si je n'ai jamais entendu Dieu « en direct », je crois véritablement entretenir avec lui une conversation, de celle qui impose d'écouter les silences et de lire entre les lignes du monde, de la société, des gens rencontrés.

Ma foi est-elle parfois ébranlée ? D'une certaine façon toujours, car face à la détresse, à la douleur, face au non-sens et au mal subi, les premières paroles intimes sont : « Mais où es-tu, mon Dieu ? », « Tu ne vois donc pas ce qui se passe ? Que fais-tu ? » Et en même temps, ma foi n'est pas remise en cause, car je n'ai jamais cru en un Dieu tout-puissant qui exercerait un pouvoir absolu, magique, grandiose.

Je suis, de ce point de vue, très proche de ce qu'écrit le philosophe juif Hans Jonas dans *Le Concept de Dieu après Auschwitz*[1]. Dieu, dit-il, a abandonné sa toute-puissance pour créer le monde. Et cet abandon a affecté son être. S'il n'est pas intervenu durant les atrocités de la Shoah, ce n'est pas qu'il ne le *voulait* pas mais qu'il ne le *pouvait* pas. Jonas a cette intuition d'un Dieu qui a renoncé à sa puissance pour faire advenir l'histoire humaine. Et si Dieu s'est entièrement dédié à un monde en devenir, c'est maintenant à l'homme de créer, d'agir, de se donner. C'est là aussi le propos du théologien protestant Dietrich Bonhoeffer, martyr de la résistance allemande exécuté par les nazis à trente-neuf ans : « Seul un Dieu faible peut nous venir en aide », disait-il.

Je crois en un Dieu qui prend la cause de la douleur des hommes, un Dieu crucifié. Son calvaire récapitule sa totale solidarité, son engagement plein avec l'humain dans sa plus grande vulnérabilité. Croire en un Dieu crucifié est vertigineux car cette croix souligne la nature de la puissance dont nous parlons : celle de l'art d'aimer sans retenue, sans discrimination. Elle dit aussi la plus haute dignité de l'homme, quand celui-ci ne peut plus se défendre, quand il n'a plus

---

1. Rivages, « Petite Bibliothèque », 1994.

apparence humaine. C'est là que se joue sa dignité. Celle dont nous devenons alors éminemment responsables.

Il faut s'entendre ici. Car la croix a souvent été l'instrument d'un dolorisme exacerbé, ce qui la rend mortifère, insupportable avec ce message alors à peine caché : plus on souffre, plus on sera sauvé ! Mais ce propos est faux et scandaleux. Il faut un long chemin d'interprétations pour comprendre qu'au contraire la Croix est un condensé du don, d'un don en faveur des autres.

Pour les juifs de l'époque de Jésus, mourir crucifié est une abomination, pour les païens, une épreuve insoutenable et, pour les disciples de Jésus, elle scelle la fin de leur espoir. Ainsi pour tous les témoins qui assistent au supplice, elle signe un échec absolu. Il faudra des décennies de foi, de méditation des écritures, de relecture de la vie auprès et avec Jésus pour transformer cette mort infâme en espérance folle, jusqu'à devenir le symbole de la vie chrétienne.

C'est là tout le travail impressionnant qui s'est fait durant le temps de l'écriture du Nouveau Testament. La reprise des Écritures, au regard de la vie de Jésus de Nazareth, donne peu à peu à comprendre que la croix – qui n'est au départ qu'un instrument de torture païen – du Christ manifeste que par lui tout est sauvé, qu'il n'y a plus malédiction. En acceptant d'être tué de cette façon – et non comme les prophètes bibliques dont certains avaient été lapidés – le Christ prend avec lui la condition de l'homme considéré par tous comme le plus indigne. Là est la nouvelle inouïe qui participe de ma foi, de ma vie : que Dieu en son Fils ait pris jusqu'à cette condition-ci. Là réside, je l'espère, ma force.

Rien de la condition humaine la plus humiliée ou perdue n'est étranger au Dieu auquel je crois et que je cherche.

Alors, oui, la croix du Christ est une victoire ! Un triomphe contre toute exclusion, contre toute fatalité. Il n'y a rien de mortifère dans cette affaire. Elle m'engage à ne pas choisir le côté de la vie qui me convient, mais à tout prendre. Elle devient le lieu paradoxal de ma sûreté, de la vérité intime de l'incarnation et donc de la vie chrétienne. La passion du Christ n'est pas un sacrifice au sens premier où on l'entend. Elle est un don, un partage, pour donner encore de la vie, pour rendre possible la vie. Jésus n'entraîne personne avec lui dans son martyre, pas plus ses plus proches que les disciples ou ceux qui ont voulu sa perte. Non, il va vers la mort comme il est allé dans sa vie publique : pour rendre compte par sa chair d'un Dieu familier qui se fait le proche de qui se croyait loin.

Première partie

Faire face

1

Pourquoi je me décide à écrire

Je prends la parole, non pour ajouter une colère à une autre, une indignation à une autre. Non pour enfoncer le glaive plus avant dans l'Église et manifester ainsi sa déroute.

J'écris pour réfléchir, chercher, mettre des mots et essayer de proposer des voies afin de sortir de ce scandale, de ce désastre. Scandale que le silence assourdissant durant ces décennies d'une institution dont la raison d'être, le motif même de sa naissance, est le témoignage d'un Dieu engagé pour les fragiles. En trahissant la confiance des enfants et de leurs proches, en ne se dressant pas pour les protéger, mais de surcroît en couvrant les coupables, elle a piétiné ce qui la fonde : la bonne nouvelle d'un Dieu fait homme en faveur de ceux qui n'ont rien pour défendre leurs droits, leur dignité et leur intégrité.

Au scandale initial du mal commis par un clerc ou un religieux s'en ajoute un second. Car ces abus relèvent d'une dimension collective. S'il faut un village pour éduquer un enfant, il faut aussi un village, une communauté, des complicités pour le laisser être violenté dans l'impunité. Voilà l'ébranlement qui atteint alors l'Église tout entière, questions abyssales pour la théologie, pour la façon dont est organisée, pensée l'institution catholique.

Nous nous retrouvons aujourd'hui à affronter cette crise décisive, comme nos aînés en avaient défié d'autres avant nous. La question de la pédocriminalité agit comme un raz de marée que personne ne peut contrôler, pas davantage endiguer. Nous sommes submergés par des révélations qui, chaque semaine ou presque, grossissent du nord au sud et d'est en ouest. Nous n'avons aucune prise sur les événements. Une tourmente s'est levée. L'Église est embarquée dans un tourbillon. Nous vivons notre hiver, au milieu d'une tempête. Ce temps est grave et lourd, bouleversant, parce qu'il ne s'agit pas seulement de crimes individuels mais aussi de pratiques institutionnelles détestables. Il y a crise non pas simplement par l'accumulation d'actes isolés condamnables mais, et surtout, parce que ces agressions ont été cachées, minimisées, voire couvertes parfois pendant des décennies par des responsables religieux, qu'ils soient évêques ou supérieurs d'institut.

S'il ne s'agissait que d'actes individuels, il nous suffirait alors – ce qui par ailleurs doit être impérativement fait – de revoir nos processus de discernement avant d'accueillir des personnes dans les séminaires ou noviciats, de repenser nos formations. Mais la répétition de ces crimes, ou le fait qu'ils aient été tus, indique d'emblée la responsabilité des institutions d'Église et de leurs responsables. Un cataclysme pour les victimes et leurs proches qui, depuis plus de vingt ans, voient l'Église multiplier les annonces, prendre des décisions, mais sans que celles-ci ne transforment véritablement ses mœurs, sans que ce système d'omerta et de déni ne soit démantelé, enfin.

Il ne s'agit donc pas d'écrire pour amplifier le sordide. Bien tristement, désespérément, il se suffit à lui-même. Moins encore pour donner du grain à moudre aux contempteurs de l'Église qui jugent cette institution comme un relent d'un autre âge avec lequel il faut enfin en finir.

Au contraire, il s'agit d'affronter le scandale, en croyant, obstinément, les yeux ouverts et l'esprit lucide, que l'Église peut se réformer. Car là est son ADN.

Au commencement était la crise

Le christianisme lui-même est né d'une crise : celle de la foi en Christ, cet homme confessé par ses disciples comme fils de Dieu, Dieu lui-même et pourtant reconnu comme un homme. Crise alors pour la plupart des juifs de l'époque pour qui cet abaissement du Dieu unique dans la condition humaine était impensable. Un scandale aussi pour des païens : comment un dieu pourrait-il être simplement, intégralement un homme et, de plus, un pauvre ? Pour tous ces premiers chrétiens d'origine juive ou païenne, la mort sur la croix, sur un instrument de torture infâme et dégradant, représenta bel et bien une crise décisive.

L'Église est issue de ce bouleversement. Elle n'est pas le fruit d'une puissance, d'une situation installée, mais de cette tension déterminante qui a porté à se décider en faveur de ce Jésus le Nazaréen dont l'existence est engagement pour ceux qui se croient loin de la religion, pour ceux qui peinent. L'obligation de se prononcer, de distinguer le juste de l'injuste, ce qui fait vivre de ce qui fait mourir, le vrai Dieu des faux dieux est partie intégrante de cette identité chrétienne toujours en mouvement. Le cataclysme que nous vivons aujourd'hui, au sein même de l'Église, impose de trancher sans se retrancher derrière des raisons parfois dérisoires, de celles qui conduisent à imaginer qu'il y a complot contre l'Église, que l'on cherche à l'abattre, et que sais-je encore…

Je me décide donc à écrire ces pages. Par inquiétude pour les victimes d'hier, par angoisse pour celles qui le seraient toujours aujourd'hui ; par passion pour ce Dieu embarqué auprès de l'humanité, par respect pour les témoins de tous les temps qui ont engagé leur vie afin d'être un reflet – sincère et juste – de Son visage.

Il y a bien longtemps que j'essaie d'écouter des personnes dont la vie a été bouleversée, pour qui vivre n'est pas une évidence, et parfois survivre un vrai combat. Des femmes et des hommes victimes d'inceste, en grandes souffrances affectives, en difficulté pour consentir à leur histoire, à ce qu'ils sont… Ce long compagnonnage a forgé mon existence, nourri mes interrogations existentielles et ma façon de faire de la théologie, d'approfondir les questions d'éthique.

Qu'est-ce que la « vie bonne », comme l'écrivait Paul Ricœur dans une formule bien connue, quand il y a une « tombe au milieu du jardin », selon l'expression du psychanalyste Jean Racamier ? Il n'y a pas plus inconvenant, déplacé, inquiétant qu'une tombe au milieu du salon, qui reste sans cesse présente, que je ne peux jamais éviter dans ma maison, en ma propre vie mais en même temps que je ne peux aucunement nommer.

C'est ainsi, dans la proximité avec toutes ces histoires, que j'ai rencontré des victimes d'abus sexuels et de pédocriminalité commis par des membres de l'Église. Je préfère ce terme – pédocriminalité – à celui de « pédophilie » puisqu'il s'agit de désigner un crime. La *philia* évoque l'amitié, renvoie à un amour désintéressé qui prend soin de l'autre, se réfère à la noblesse de cœur. Quel terme plus qu'impropre pour parler d'agressions qui détruisent, fracassent des enfances et des vulnérabilités, brisent des innocences !

J'ai tenté de recueillir au fond de ma vie, de mon âme, le témoignage d'histoires abîmées par l'indicible de l'atteinte au corps, à l'intime, à la confiance, à la joie de vivre. Des vies brisées aussi par le mur du silence. J'éprouve à leur égard une angoisse active, qui m'oblige, m'assigne à être présente autant que possible, à demeurer à la place qui est la mienne. Il ne me faut pas fuir. Leurs histoires, leurs douleurs, leurs visages font partie de ma vie.

Crier la colère, nécessité vitale

Je suis une lectrice obstinée du Livre de Job. Je le dois sans doute à ma propre histoire mais aussi à celles que j'ai reçues des victimes. Comme Job, il me fallait rendre possible la colère, parce qu'elle permet de rester vivant. Job se maintient en vie pendant trente-cinq chapitres, sur quarante-deux, car il est en colère et refuse de se soumettre aux discours de ses visiteurs. Il aurait pu aussi se laisser mourir sur son tas de fumier. Mais la colère et le sentiment d'injustice décuplent son énergie vitale. À chaque fois que ses amis, ces visiteurs, venus de loin pour soi-disant le consoler, lui conseillent d'avouer enfin son péché, lui interpelle son Dieu car rien de ce qu'il a fait ne peut justifier l'ampleur de son malheur. La colère de Job se nourrit de son instinct de vie. Pour moi, dans l'écoute de ces victimes, il fallait que je conserve intacte ma colère pour espérer rendre possible la leur, pour pouvoir la porter, pour que ces hommes et ces femmes pétris de souffrances aient la force de sortir de la honte mortifère qui les étreint, en tout cas soient en mesure de s'en écarter.

C'est une colère du dedans, qui maintient le cœur ouvert, battant, et qui oblige l'esprit à chercher une fissure pour que la vie passe. Ne pas oublier cette femme qui raconte sa peur de se coucher, quand elle était petite fille, entre huit et onze ans. La poignée de la porte de sa chambre qu'elle fixe dans la nuit, le souvenir de l'haleine, de l'odeur, la tétanisation qui la saisit, son impossibilité de crier… Ne pas oublier cette autre, devenue adulte pourtant, la peur au ventre à l'idée d'être dans un espace clos, y compris dans une église. *De toutes les victimes que j'ai rencontrées, je n'en ai jamais entendu me dire avoir crié pour se défendre.* L'emprise créée par l'agresseur ligote plus fermement qu'aucun lien et met en état de sidération. Elles sont séquestrées dans le silence. J'ai entendu cela chez toutes, ce rapport au secret qui détruit. L'adulte fait porter à l'enfant ce secret destructeur comme une marque de son « amour ». Une femme de plus de quarante ans me racontait un jour, après de très nombreux détours comme autant d'apprivoisements, ce qu'elle avait subi à l'âge de dix ans de la part d'un proche parent. J'ai eu alors une peur presque irrépressible qu'elle se lève et se jette dans le vide par la porte-fenêtre de la pièce où nous étions, au dixième étage d'un immeuble, tant entendre ses propres mots lui était insupportable.

Peu importe que ces histoires remontent parfois à quarante années, la mémoire du corps ne s'efface pas, elle reste intacte comme une empreinte. Lors d'un deuil, y compris la perte infernale de très proches vulnérables comme des enfants, peu à peu l'épreuve se métabolise, la douleur demeure, mais en même temps finit par s'inscrire dans le cheminement de la vie – pour peu, bien sûr, que des visages aimants et sensibles soient présents pour accompagner, entourer, respecter. Pour un crime sexuel, les choses ne se passent pas ainsi. La douleur ne s'efface pas, elle est comme *prise dans les glaces*. Y compris chez des personnes qui – souvent par dissociation – ont pu construire leur vie, mener une existence professionnelle gratifiante et riche, parfois même une vie conjugale et familiale heureuse, la marque est là, la plaie demeure et tout peut la raviver, la ramener au premier plan. Pour toutes, quelque chose en elles reste brisé.

Entendre de tels témoignages me plonge dans une infinie colère, en écho à celle des victimes. Leur douleur n'est pas le produit d'un quelconque destin, d'une fatalité de l'histoire ou d'une catastrophe. Elles ont été violées par un parent, par un proche, par un « homme de Dieu » qui prétendait les aimer et en qui, de prime abord, elles ne pouvaient qu'avoir confiance. Et tant de parents incestueux – comme d'autres prédateurs intimes des enfants –

affirment les aimer, tout particulièrement même, « spécialement » disent-ils.

Malgré ce qui se passe dans l'Église, malgré la tempête qui souffle et la fait tanguer, je reste dans la barque, car là est ma vie et c'est avec elle que je peux continuer et dire le Dieu que j'aime. C'est aussi en étant à cette place-là que j'espère être de celles et ceux qui font tout leur possible pour soutenir et épauler les victimes des abus sexuels. Ces femmes et ces hommes ont été brisés par leurs agresseurs, par la façon dont trop souvent l'Église n'a pas fait face à ces drames et à sa responsabilité. Modestement, en tremblant, manifester que du dedans de cette même communauté il en est qui veulent faire face et se tenir avec eux.

À ceux qui, alors, me demandent pourquoi je reste dans cette Église en ces temps si assombris, je réponds que ce serait pour moi un scandale de la déserter aujourd'hui et de laisser alors les victimes plus seules encore. La foi ne donne pas de réponse. Mais elle assigne à ne pas fuir l'épreuve de l'autre, ni la mienne non plus d'ailleurs. Elle offre de ne pas succomber à la désespérance. Je peux – et je dois, je crois – offrir cela à la personne victime que je rencontre : tenter d'être une interlocutrice suffisamment fiable, afin qu'elle puisse s'appuyer un peu, se reposer peut-être, ne pas craindre en tout cas.

La fiabilité implique de la souplesse, de l'ajustement constant au réel, de la plasticité. C'est une qualité déterminante à notre époque et elle me paraît plus essentielle et exigeante qu'un idéal parce que celui-ci peut devenir dangereux, justifier toute dérive, et entraver l'espérance puisqu'il désigne un objectif impossible à atteindre.

Devant ces vies fracassées, se dire que la foi chrétienne repose sur un Dieu fait homme, qui lui-même a été torturé par des bourreaux, ne permet pas de décrypter la raison des crimes d'aujourd'hui, mais de se dire que l'on est relié à une tradition qui intègre dans sa longue histoire des vies malmenées, et qu'elle reste en proximité avec elles. Croire cela de toute mon âme et de toute mon intelligence ne me donne aucune recette pour savoir comment surmonter pareille épreuve. Mais permet, je le crois, de s'en approcher, de ne pas avoir peur, de ne pas fuir ni de se cacher la vérité.

Dans cette tragédie, notre première responsabilité à nous, chrétiens, est alors de rester, vaille que vaille, des interlocuteurs fidèles et présents, en quelque sorte des hôtes de la douleur, de la plainte, de la colère, de la fatigue des personnes victimes. Il y a une exigence morale à rester parmi ce peuple. La proximité respectueuse, pudique, avec des souffrants me remet face à la vérité de ma foi en ce Dieu crucifié et ressuscité.

2

La maladie du secret

Voilà l'un des paradoxes de ces affaires, et non des moindres. L'Église est une institution qui communique beaucoup. C'est même l'une de ses missions primordiales, puisqu'elle a pour passion, pour fondement, pour sens d'annoncer la Bonne Nouvelle de l'Évangile du Christ. Toute la tradition repose sur la Parole, sur le verbe, jusqu'à confesser que notre Dieu est le Verbe fait chair en Jésus de Nazareth.

Le silence, comme celui de la prière, comme celui de Marie « qui recueillait toutes ces choses en son sein », comme celui du Christ lui-même quand il se retirait au désert pour parler à son Père, tous ces silences sont au service de la Parole. Afin qu'elle soit vraie, juste.

Mais sur les actes de pédocriminalité, longtemps, trop longtemps, l'Église s'est tue. Elle continue de le faire quand ses déclarations ne sont pas à la hauteur des douleurs qui rongent les victimes, en minimisant les faits ou leurs conséquences, en ne nommant pas les choses par leur nom. Ces silences de l'Église face aux crimes sexuels ont amplifié les scandales. Par ailleurs ils rendent inaudibles les propos qu'elle tient sur des sujets importants de société, telles la justice sociale, les questions de bioéthique, etc. Y compris quand ce qu'elle dit, argumente et propose mérite d'être porté au débat car nous concernant tous. C'est ainsi l'ensemble de son message, de son adresse aux femmes et aux hommes de bonne volonté, qui se trouve compromis. La crise qui l'atteint est bien alors systémique, fragilisant l'ensemble de la structure.

L'Église fonde son rapport à la Parole sur l'enjeu de la vérité. Une vérité qui la dépasse, car c'est celle du Christ. Or, dans la manière de traiter de ces drames et de ces scandales, non seulement on ne fait pas la vérité, mais au contraire elle se trouve défaite. Ce mauvais silence du mensonge, de l'omerta sème la confusion – marque du *diabolos* dans la Bible, le diviseur.

Il ne faut jamais oublier la dimension théologique qui s'ajoute à la portée éthique, juridique, psychologique. Car quand la confiance se voit trahie, qui plus est dans ce qu'il y a de plus fragile, de plus sacré même, à savoir la protection de l'enfance, c'est alors toute l'institution et le peuple des croyants qui sont bafoués et trahis. Si les auteurs de ces méfaits partagent nombre de caractéristiques communes avec des agresseurs sévissant dans d'autres milieux, ces drames prennent une dimension supplémentaire dans l'Église parce qu'ils se déroulent dans un univers marqué de sacré.

Je pardonne moins au monde ecclésiastique ou religieux ses dérives qu'à un autre milieu. Non que pour d'autres le méfait soit compréhensible. Surtout pas. Mais du côté de l'Église nous sommes en droit d'attendre que la responsabilité envers les plus vulnérables, qui est un engagement évangélique, soit encore plus exigeante et authentique. La tromper par l'agression sexuelle, par l'abus spirituel ou de conscience, c'est renier le visage même du Dieu sauveur et libérateur auquel je crois et que confesse l'Église. Pour les victimes, c'est alors aussi la relation à Dieu qui se trouve affectée et plus encore à celles et ceux qui sont censés en être des témoins, fragiles et inconstants certes, mais suffisamment fiables pourtant.

Le pape François a fustigé le cléricalisme qui favoriserait, de son point de vue, le crime. Le cléricalisme est une sorte de dévoiement, de malfaçon, mais je ne sais si c'est là la cause première du scandale. Ce sont les fondements de la transmission chrétienne qui sont atteints. Parce que l'Église ne repose sur rien d'autre que sur une Parole : « Nous croyons que le vrai Dieu s'est fait homme, crucifié et ressuscité. » Et cette Parole a été transmise par des hommes et des femmes, par des corps de chair tout au long de l'histoire, de génération en génération. Nous sommes au cœur de l'extraordinaire beauté du christianisme mais aussi de son extrême fragilité, parce que la transmission par des témoins est intrinsèque à ce qu'elle est, à son sens même.

Cette omerta est-elle affaire de mauvaise volonté ? Il y en a bien sûr, aujourd'hui encore, hier malheureusement. Mais ce n'est pas là la raison profonde.

Comme telle, la structure ecclésiale est mal armée pour faire face à une telle crise, alors même que la vie de l'Église nous paraît encore très pyramidale et que nous pourrions croire qu'avec un ordre venu « du sommet », tout change en cascade, de façon quasi mécanique. L'Église est avant tout une communauté. Et, à ce titre, chaque diocèse, chaque évêque dispose d'une réelle autonomie, au nom d'une conception essentielle de son rôle comme pasteur d'un peuple, d'une partie du peuple de Dieu qui est sur son territoire. Il n'est pas un préfet qui obéit aveuglément à sa hiérarchie. L'Église n'est pas organisée verticalement comme une armée ; on ne décide pas « en haut » en répercutant par un jeu de dominos jusqu'à la base. Et il est heureux qu'il en soit ainsi, car l'Église n'est pas un gouvernement de clercs mais une communauté de foi. Prendre le temps de discerner, d'écouter, de se concerter avant d'agir est impératif.

Aujourd'hui, face aux crimes commis, devant le silence coupable, des mesures sont prises. Le Saint-Siège oblige tout responsable ecclésiastique ou religieux à signaler à la justice civile toute plainte sérieuse. Il demande aussi qu'un signalement lui soit envoyé afin qu'il puisse aussi se prononcer. Ces décisions sont réelles. Reste que leur mise en œuvre s'avère compliquée de par la façon dont l'Église est décentralisée dans son fonctionnement. Encore une fois, chaque évêque est responsable chez lui et pleinement pasteur. Il est bien sûr en relation d'obéissance au pape, mais celle-ci n'est pas une soumission. Cela permet d'ajuster la mise en œuvre de la vie de l'Église au plus près de la réalité humaine et culturelle. Mais cette force, cette justesse d'un Évangile qui s'inculture, se retourne contre les gens, à commencer par les victimes dans le cas des scandales sexuels, quand des évêques ne prennent pas au sérieux ces exigences : « Chez moi il n'y a pas de problème. » Plus encore pour des supérieurs religieux, puisque chaque ordre religieux, chaque institut, si lui aussi est dans l'obéissance à l'Église sur le fond, est autonome dans son gouvernement.

L'Église n'est pas une armée, non plus qu'une entreprise. Les évêques ne sont pas les employés du pape, ni les prêtres ceux de leur évêque. Nous sommes dans des relations d'adhésion et non de subordination. Ce modèle est profondément évangélique car il repose sur la droiture, la cohérence, la bonne foi. Mais quand tout cela dérape, ou se révèle être un mensonge complet, l'Église se retrouve démunie. Il y a évidemment un droit de l'Église, nommé droit canonique, et qui permet de prendre des mesures disciplinaires, d'avoir des normes très précises de conduite, comme nous l'examinerons en détail dans le chapitre suivant. Mais il faut bien voir qu'avant tout le fonctionnement de cette institution repose sur la confiance.

Comment estimer qu'un évêque remplit bien sa mission, accomplit son travail ? Au nombre de baptisés dans son diocèse ? Mais l'enjeu n'est pas de « produire » des baptisés. La foi ne se traduit pas par une comptabilité ni une production. Elle est un ferment qui donne goût à la vie, pour soi, pour d'autres.

Face à l'accumulation de scandales, devant la révélation de l'abject, c'est toute l'Église qui s'est emmurée dans le silence et une forme de déni. Quels coupables désigner ? Bien sûr, les responsables le sont au premier chef. Car bien trop souvent ils étaient au courant, plus ou moins clairement, des crimes commis par un clerc ou un religieux, et ils ont fermé les yeux, passé leur chemin. Mais il y a également ces paroissiens, qui savaient, confusément. C'est ce que montre très bien le livre de la journaliste Isabelle de Gaulmyn[1], par exemple. Ils ont eu une sorte de réflexe de faire corps afin de protéger l'institution. Ce que l'on constate aussi bien ailleurs que dans l'Église.

Une autre difficulté se glisse : le véritable problème est de prendre la mesure de ce drame, car subir une agression de cet ordre ronge tout : le rapport que la personne entretient à la mémoire, à la confiance, à la sexualité, au monde adulte et, dans l'Église, à l'institution, à Dieu lui-même…

Tant que l'on n'y a pas été directement confronté par ses proches, par ceux et celles que l'on rencontre, que l'on écoute, on continue trop souvent à ne pas mesurer cette dévastation, à ne pas prendre en considération l'ampleur de la mémoire traumatique. Je repense à un père de famille, dont la fille avait été victime d'emprise au sein d'une communauté religieuse. Il me racontait que plusieurs années après être partie, avoir pu s'échapper en quelque sorte, elle avait toujours peur de croiser un prêtre dans la rue et était obligée de changer de trottoir, tant cette seule présence pourtant anonyme et fugace la tourmentait. C'est bien là une mémoire traumatique, celle qui hante un individu longtemps après la violence subie et se trouve réactivée très facilement.

Le mécanisme de l'omerta dans une institution est identique, selon moi, à la mécanique du silence dans une famille. On protège les siens, et on préfère ne pas étaler au

1. *Histoire d'un silence*, Seuil, 2016.

grand jour les douleurs et les souffrances. On finit par intérioriser le secret. L'enfant qui subit de telles monstruosités est ficelé, son mal enkysté. Et ce secret se croise avec celui de l'institution qui pense ainsi se garder de l'extérieur. Ce sont deux secrets qui font boucle entre la famille et l'institution, et de cette façon l'omerta se crée et se propage. Les silences se cumulent, s'agrègent jusqu'à se sceller et construire un mur quasi infranchissable. Tout enfant croit que sa famille va le protéger, et que face à l'adversité il y aura toujours quelqu'un parmi les siens pour le défendre.

Sans doute que pour nombre de croyants l'Église est ressentie comme une famille, ce qui produit des fruits magnifiques, dans la solidarité notamment, mais contribue aussi à perpétuer l'omerta. Ce mauvais grand silence est endurci par les relations fortes, affectives que les fidèles entretiennent avec leur institution. Ce n'est pas seulement le cléricalisme qui muselle la parole et couvre le crime mais l'ensemble de la communauté des croyants qui fait rempart. Rompre la cohésion en dénonçant un proche : mission presque impossible.

D'autant plus si les responsables religieux ne mesurent pas l'étendue du mal subi par la victime. Un jour, l'un d'eux disait à propos de faits qui venaient d'être révélés : « Jusqu'ici, je pensais que c'était seulement un mauvais souvenir pour les victimes et je suis en train de réaliser l'ampleur de ce qui s'est passé… » Ces propos sont souvent sincères, sans mauvaise volonté. Ils manifestent l'écart, le fossé abyssal même, entre l'idée que se fait ce responsable et la réalité vécue par la victime.

Sortir du silence revient à rendre possible de mesurer, au moins en partie, l'importance du traumatisme et permettre à la victime de commencer à nommer.

Ce combat-là doit être mené sans relâche.

La honte

Je suis hantée par le constat de Primo Levi : « Comment peut-on expliquer que quand Auschwitz a été libéré, c'était les déportés, les victimes qui avaient honte et non pas les bourreaux ? » Constat que j'ai pu faire tant de fois dans les cas d'abus sexuels dans les familles ou dans l'Église. Je pense ici à ce que dit le psychanalyste Didier Anzieu sur le « Moi-peau [1] », cette enveloppe psychique qui se constitue comme des pelures d'oignon. Comme si, à chaque niveau de pelure, un petit trou laissait passer la honte provoquant alors une déchirure plus ou moins importante. L'accumulation des plaies fait qu'à un moment donné le sujet se sent habité par la honte, se replie sur lui-même et s'enferme. La peau nous protège des agressions de l'extérieur et en même temps nous rend vulnérables, elle est la membrane frontière. Elle est en quelque sorte 100 % sociale, puisque c'est par elle que nous entrons en contact avec le monde, et 100 % intime, tournée vers l'intérieur. Elle est une métaphore de toute notre histoire, qui s'inscrit dans notre être, bien au-delà de ce dont nous avons conscience, de nos souvenirs.

1. *Le Moi-peau*, Dunod, 1985.

Comment comprendre cette honte si fréquente des personnes victimes, alors que nous savons tous que ce sont les auteurs qui devraient être couverts de honte ?... Peut-être parce que la honte c'est la haine d'une partie de soi[1], celle-là même qui a subi la violence, l'intime exposé, manipulé, meurtri. Celle-là aussi qui n'a pas pu crier, appeler à l'aide, se sauver, mais fut tétanisée, sidérée par la peur et par l'emprise. La honte raconte alors cette part de soi que l'on rejette[2]. Dans ce rejet, il peut y avoir de la haine, inverse du nécessaire amour-propre. Pour le dire autrement, si la pudeur érige en nous des défenses contre les risques d'intrusion dans notre sphère intime, la honte est le signe que cette effraction a déjà eu lieu. C'est une honte qui alors écrase, qui désocialise : « Je voudrais être sous terre, j'ai envie de disparaître. Je préférerais ne pas exister. J'aurais souhaité ne jamais être là », etc. Ainsi, celui qui éprouve de la honte croit qu'il est déjà exclu de son groupe, famille, Église, troupe de scouts, communauté religieuse... La honte est ce que l'agresseur impose à sa victime, à partir du lien qu'il prétend privilégié, unique, secret, qu'il tisse avec elle comme une toile d'araignée qui l'emprisonne et l'étouffe et dont il énonce, de plus, que la victime lui est redevable[3]. La honte – d'autant plus en

1. Sylvie Consoli, Gisèle Harrus-Révidi, Interview de Vincent de Gaulejac, « La honte dans la peau », L'Esprit du temps, *Champ psy* 2012/2 n° 62, p. 9 à 29.

2. Octave Mannoni, *Ça n'empêche pas d'exister*, Paris, Seuil, 1982.

3. Serge Tisseron, « De la honte qui tue à la honte qui sauve », ERES, *Le Coq-héron* 2006/1, n° 184, p. 18-31.

touchant à la sexualité, à l'intime – devient alors un moyen puissant par lequel ceux qui nous ont un jour tyrannisés peuvent continuer à le faire, à notre insu. Comme un « cheval de Troie », cette métaphore si parlante du virus informatique.

L'enfant, chez qui un adulte a ouvert les voies de la honte, devient une proie facile pour ceux qui souhaitent l'asservir à leurs désirs. Il faut l'accueillir, cette honte, bannir les mots commodes (« mais vous n'avez pas à avoir honte »), et lentement apprendre à la peser, à en mesurer la force d'aliénation, tout en croyant que la personne sera en mesure, en partie au moins, de la transformer si elle peut la parler – si, en la nommant, elle voit que son interlocuteur ne fuit pas, ne se détourne pas mais au contraire demeure attentif, véritablement présent.

Tant qu'elle est enfouie et tue, la honte ronge et fait glisser la personne vers une indignité toujours plus grande. Quand elle peut enfin surgir, à l'écoute bienfaisante et attentive, alors le temps, à commencer par celui de la personne victime, est susceptible d'être rouvert.

Mais il est un autre sentiment de honte qu'il ne faut pas oublier. Celui qui devrait habiter les auteurs car il caractérise l'humanité profonde. Aussi est-ce bien inquiétant et révélateur que nombre d'agresseurs n'éprouvent justement aucune honte.

La honte est au cœur du lien social : manifeste que l'on considère l'autre comme son semblable, quelles que soient sa condition, sa couleur de peau, son histoire. Cette hontelà est positive, elle est un aiguillon pour me reconnaître humain et désigner l'autre comme mon semblable. Si nous n'avons plus honte devant ces milliers de vies qui se sont perdues en Méditerranée, devant ces familles, en France, vivant dans des logements indignes qui enrichissent des marchands de sommeil, alors ce qui nous unit se délite. C'est notre monde commun. La honte est un sentiment qui relie les hommes entre eux et se trouve alors au fondement du lien social.

Cette honte devient le lieu d'une transformation[1] quand elle se change en indignation, et pousse à l'engagement en faveur de l'autre. Rien ne servira de ressasser le remords, de se rejeter la faute. Nous sommes embarqués ensemble, la vie bouleversée des victimes m'atteint en retour.

Comme théologienne, spécialiste de questions d'éthique qui interroge le sens de l'existence et de nos choix, j'écoute des personnes aux vies malmenées depuis désormais de nombreuses années. Confrontée à des confidences intimes, j'ai parfois été prise d'un sentiment d'effroi. Après des années auprès de jeunes en danger, je me suis à nouveau confrontée à cette dure réalité que la famille ne protège pas toujours, qu'elle peut même être le lieu du pire. Et qu'au sein de la communauté croyante, catholique, ces drames, ces cauchemars, ces actes insupportables risquent d'être plus enkystés encore, cachés par une apparence bien comme il faut, par une pratique religieuse et sociale qui fait illusion.

1. Voir Serge Tisseron, *Du bon usage de la honte*, Paris, Ramsay, 1997.

Dans ces circonstances, l'accès à la parole peut être encore plus difficile. Il faut soulever un couvercle lourd, fissurer voire fracasser une image exemplaire.

Comment mettre au jour l'indicible ? Comment terrasser cette barbarie intime, dans le secret d'un petit monde en apparence parfait… ?

3

La forfaiture

L'Église a-t-elle failli dans la gestion de ces affaires d'agressions sexuelles sur mineurs et personnes vulnérables ? Sans nul doute.

« Si l'Église a bougé, c'est sous la contrainte des victimes et des médias », relevait déjà le jésuite Pierre de Charentenay dans un article très précis de la revue *Études* en 2010 (nº 4133). Il a fallu attendre le début des années 2000 et les enquêtes des journalistes du quotidien *The Boston Globe* – racontées par le film *Spotlight* – pour que ces crimes soient révélés aux États-Unis, pays très touché par les scandales. Pourtant, la Conférence des évêques américains avait adopté en 1992 des directives pour juguler ces abus, mais plusieurs évêques s'y étaient opposés, en particulier le cardinal Bernard Law de Boston, qui a longtemps couvert ce genre d'exactions et fut contraint plus tard de démissionner sous les coups de boutoir de l'opinion, y compris catholique. « Les évêques américains ont d'abord pensé que la crise se dissiperait en quelques mois, mais attendre que l'orage passe n'était pas une bonne stratégie en l'occurrence », souligne le père de Charentenay, rappelant que ce n'est qu'en 2004 que l'affaire prend toute sa dimension avec la publication du rapport de la John Jay School of Criminal Justice soulignant que les abus sexuels ont commencé… dans les années 1960. En Europe, les révélations éclatent au grand jour essentiellement en 2010 et brisent les murs du silence, en particulier en Irlande, où le scandale est immense parce qu'il touche une institution tellement imbriquée dans la société, puis en Allemagne, en Belgique…

En France, la condamnation à trois mois de prison avec sursis de Mgr Pierre Pican, évêque de Bayeux et Lisieux, une première en Europe, en 2001, pour non-dénonciation des actes avérés de pédocriminalité de l'abbé Bissey agit tel un détonateur au sein de l'épiscopat.

Un procès qui fait écho à celui – en octobre 2018 – de l'ancien évêque d'Orléans, Mgr André Fort, mis en examen pour les mêmes raisons, le procureur de la République réclamant une peine de prison ferme afin de créer un « électrochoc ». L'ex-prélat a été condamné à huit mois de prison avec sursis pour non-dénonciation d'agressions sexuelles, pendant que le prêtre en cause, Pierre de Castelet, a été condamné par le tribunal correctionnel à trois ans de prison, dont un avec sursis, pour agressions sexuelles sur mineurs.

Pour la même accusation de non-dénonciation s'est ouvert le procès du cardinal Barbarin en janvier 2019. Tant et tant a été dit et écrit sur ce sujet – et je me suis moi-même exprimée alors – qu'il ne me paraît pas nécessaire d'en rajouter ici, d'autant qu'à l'heure où j'écris ces lignes, le procès de Bernard Preynat n'a pas eu lieu, et par ailleurs le jugement concernant Philippe Barbarin n'avait pas été rendu. Mais les audiences de janvier ont posé très clairement au moins deux questions : la place de la justice civile pour l'Église quand un haut responsable ecclésiastique pense que seule « Rome » doit lui donner des ordres ; et aussi l'extrême difficulté – et douleur – pour les victimes quand elles constatent que leurs récits ne sont pas véritablement entendus par l'Église ni suivis des actes nécessaires.

Ainsi, les années passent, les questions demeurent. L'Église a-t-elle pleinement pris la mesure de la catastrophe ? « Les affaires de pédophilie ne relèvent pas seulement de mauvaises gestions individuelles, note François Euvé, qui a succédé au père de Charentenay à la tête d'*Études*, dans un éditorial d'octobre 2018 (*Études* n° 4253). Ce ne sont pas uniquement des cas isolés. Est en cause une culture de l'Église. Quelles conditions ont permis que se commettent des actes pervers et qu'ils aient été si longtemps dissimulés ? »

Si le temps de Dieu n'est pas celui de la justice des hommes, l'Église n'a pour autant pas l'éternité pour elle ! Car les enfants d'hier victimes, les adultes d'aujourd'hui vivant avec ce drame à l'intime d'eux-mêmes, tout comme les enfants victimes de nos jours, n'ont pas la vie devant eux. L'urgence est là qui manifeste que c'est une question de vie ou de mort. Alors oui, rien ne peut moralement justifier d'avoir tant tardé à agir. Les scandales se multiplient, des victimes se terrent dans leurs souffrances, les médias font leur travail d'investigation, la colère et une infinie tristesse gagnent les croyants les plus tenaces… Le monde ecclésiastique peut-il alors continuer de battre son rythme lent ?

On entend parfois, pour en partie expliquer ou dédouaner l'Église de ces crimes sexuels, que celle-ci en « se soumettant au monde » aurait été « corrompue par l'esprit de

Mai 68 ». Tout cela demanderait une analyse rigoureuse. Mais, pour l'heure, c'est un raccourci facile et, dans cette formulation au moins, totalement faux.

Ce que dit le droit canonique

En termes de conscience de la gravité des faits, la pédocriminalité n'est pas un sujet contemporain pour l'Église puisque l'on trouve trace de sa condamnation dans d'anciens conciles. Il me paraît ici nécessaire de s'attarder quelque peu sur le droit de l'Église en la matière. C'est pourquoi j'ai sollicité le père Achille Mestre, canoniste et juriste, afin d'être éclairée.

Dès 1917, dans le Code de droit canonique de cette même année, le canon – l'article 2359 en son paragraphe 2 – stipule expressément que si les clercs « ont commis un délit contre le sixième commandement avec des mineurs de moins de seize ans, ou pratiqué adultère, viol, "bestialité", sodomie, excitation à la prostitution ou inceste avec ses consanguins ou alliés au premier degré, ils doivent être suspendus, déclarés infâmes, privés de tout office, bénéfice, dignité ou charge qu'ils pourraient avoir, et dans les cas les plus graves ils doivent être déposés ». Le délit de commerce sexuel avec des mineurs est considéré par le législateur de 1917 avec une grande gravité, puisqu'il est situé au même rang que le viol, l'inceste, et même la zoophilie. Les personnes visées par le Code sont les clercs : diocésains ou religieux, ils font l'objet d'un traitement canonique spécifique et de sanctions, comme la suspense, adaptés à leur situation. La suspense, en droit canonique, est une sanction pénale. Elle consiste à interdire au clerc des actes qui relèvent de son ministère de prêtre, ou à le priver de son salaire ou de sa pension (can. 1333).

Les autres religieux non-clercs, les frères donc, et les religieuses n'échappent pas à d'éventuelles sanctions canoniques mais, à leur encontre, c'est le droit pénal ecclésiastique commun qui s'applique. Envers les clercs, les sanctions possibles sont très lourdes. L'ancienne déclaration d'infamie est très révélatrice. Dans le droit ancien, elle est une perte d'estime dans la société, ce qui rend indigne d'accéder ou de conserver des charges ; on doit même éviter d'entretenir des relations sociales avec ce type de délinquant qui, « à cause d'un délit ou de ses mauvaises mœurs, a perdu sa réputation aux yeux des fidèles honnêtes et sérieux » (can. 2293 § 3). L'infâme est donc à éviter, *vitandus*.

La lettre *Crimen sollicitationis* en 1922 ainsi que l'instruction du 16 mars 1962 qui en étend le champ, envoyée confidentiellement aux évêques, égrènent les mesures à prendre dans les cas où des prêtres seraient accusés de fautes graves, parmi lesquelles les avances sexuelles à des pénitents. Tout catholique doit obligatoirement dénoncer aux autorités ecclésiales une telle faute commise par un prêtre. Ces deux documents, qui visent principalement le crime de sollicitation par le confesseur, en tirent cependant la même conséquence : « Ce qui est établi pour le crime de sollicitation vaut aussi pour le crime le plus grave. » Ce crime le plus grave vise spécifiquement « les actes obscènes, gravement coupables, perpétrés ou tentés par un clerc dans toutes circonstances sur un enfant pré-adolescent (impubère) ou des animaux (bestialité). » Passons sur le fait que l'on mette les deux catégories sur le même plan…

Bien malheureusement, cet arsenal est, dans les faits, de faible portée. Les instructions sont secrètes. Adressée personnellement aux évêques, chaque lettre doit être « conservée dans les archives secrètes de la Curie… et ne faire l'objet d'aucun commentaire canonique ». On devine aisément la conséquence : ces instructions sont largement ignorées des évêques eux-mêmes, ou en tout cas des successeurs des destinataires initiaux. Les nouveaux évêques peuvent ignorer jusqu'à l'existence même de ces documents… et donc ne pas les appliquer. Le déficit de connaissance, lié au secret de la transmission, est grave. Il faut attendre 2001 pour une reconnaissance publique de l'instruction par le Saint-Siège. Pourtant, dès 1983 avec le nouveau Code de droit canonique – réécrit pour être en totale conformité avec le concile Vatican II (1962-1965) –, la situation a changé : selon les canons 1717-1719 du nouveau Code, si l'évêque a connaissance d'un possible délit, il doit mener une enquête préliminaire – mais ces règles générales de procédure ne sont pas spécifiques des abus sur mineurs et on s'apercevra par la suite qu'elles ne sont pas suffisantes.

Deuxième point d'achoppement : le secret de la procédure, lequel enveloppe le crime de sollicitation par le confesseur, est à lier au secret de la confession. Historiquement, on peut le faire remonter au temps du pape Pie IX, à une instruction du Saint-Office du 20 février 1866, dont l'objectif est à la fois de sauvegarder le secret de la confession et de prévenir les scandales qui altéreraient la réputation du clergé. Par extension, cette réserve absolue s'applique aux délits les plus graves contre la foi ou les mœurs. Une instruction de la Secrétairerie d'État du Vatican datée du 4 février 1974, *Secreta continere*, confirme ce point ; très peu connue, elle n'est guère appliquée, elle non plus !

Ainsi le Saint-Siège impose un secret total, lors du déroulement du procès s'il a lieu, même lorsque le verdict, favorable ou non, a été rendu et mis en application. Un serment de silence « à jamais » doit être prononcé par tous les participants au procès : non seulement les membres du tribunal, mais aussi le(s) tiers dénonciateur(s) du prêtre, le(s) témoin(s) éventuel(s) et le prêtre accusé lui-même.

Il s'agit de préserver la réputation du clerc tant qu'il n'est pas condamné, de prévenir de fausses accusations aussi. Mais pourquoi alors l'obligation de secret perdure-t-elle même après une condamnation ? On peut craindre, en outre, que le serment de silence ne vise à cacher le scandale provoqué par des affaires aussi graves. N'y eut-il pas des cas d'intimidation sur les victimes ou les témoins ? Même si ce secret semble ne pas avoir été imposé de façon absolue aux victimes, lesquelles pouvaient du reste saisir les autorités civiles, on peut aujourd'hui en mesurer les conséquences tragiques.

Cependant, le droit canonique pointe la gravité des abus sur mineurs et leur répression. Considérés comme très graves, ces crimes doivent être dénoncés à l'autorité hiérarchique compétente : tout catholique, en ayant connaissance, y est tenu – sous peine d'excommunication. En pareil cas, les évêques ou les supérieurs légitimes sont invités à prendre toutes mesures administratives ou judiciaires qu'ils doivent ensuite communiquer au Saint-Siège.

En 1983, le canon 1395 prévoit une sanction de « justes peines » pour tout délit « commis par violence ou avec menaces ou publiquement, ou bien avec un mineur de moins de seize ans ». Les atteintes sexuelles sont visées avec une acuité particulière. La compétence de l'autorité hiérarchique est plus discrétionnaire pour mesurer les peines à appliquer, même si elle n'a pas le choix – devant des faits établis – de ne pas les punir. Et c'est notamment ce point que les textes ultérieurs ont désiré modifier, en liant de plus en plus les compétences des évêques ou des supérieurs religieux.

L'intervention du cardinal Josef Ratzinger, alors préfet de la Congrégation pour la doctrine de la foi, fut certainement décisive à cet endroit. En témoigne sa lettre du 19 février 1988 au cardinal Castillo Lara, président de la Commission pontificale pour l'interprétation des lois : il signale qu'un clerc coupable ne devrait pas obtenir une dispense de célibat quand il demande à quitter sa condition de prêtre. Car la dispense est pour le droit de l'Église catholique une faveur. Alors qu'en pareille circonstance le clerc doit être puni, jusqu'au renvoi possible de l'état clérical, à l'issue d'un processus pénal dont le cardinal réclame la simplification. Peu après, l'article 52 de la constitution *Pastor Bonus*, sur l'organisation de la Curie, reconnaît la compétence de la Congrégation pour la doctrine de la foi pour juger les délits les plus graves contre les mœurs ou la célébration des sacrements. Voilà qui ouvre la voie aux réformes de 2001 et 2010.

La première de ces réformes est constituée par le motu proprio du pape Jean-Paul II, *Sacramentorum sanctitatis tutela*[1], daté du 30 avril 2001. La Congrégation pour la doctrine de la foi reçoit la compétence exclusive pour juger des « délits les plus graves commis soit contre les mœurs, soit dans la célébration des sacrements ». Le motu proprio est complété et explicité par une lettre du cardinal Ratzinger, en date du 18 mai 2001, sur les délits les plus graves, dont l'infraction d'un clerc (un évêque, prêtre ou diacre) qui commet un péché sexuel avec une personne de moins de dix-huit ans.

Ces délits les plus graves doivent obligatoirement être signalés par les évêques, après enquête préliminaire, à la Congrégation pour la doctrine de la foi qui, entre 2001 et 2010, recevra trois mille accusations, en particulier durant les années 2003 et 2004, en provenance des États-Unis[2].

La Congrégation peut traiter elle-même le dossier ou ordonner à l'évêque de poursuivre la procédure à travers son propre tribunal. La prescription est alors de dix ans à compter de la majorité de la victime. Sont visés tous les faits commis sur des mineurs de moins de dix-huit ans (et non seulement de moins de seize ans). L'expérience des neuf années suivantes a justifié la mise à jour de ces mesures, de manière à simplifier et rendre plus efficaces les procédures et à tenir compte de nouvelles problématiques. Et c'est Josef Ratzinger devenu le pape Benoît XVI qui, là encore, est directement à la manœuvre et apparaît comme le « grand artisan d'une inflexion du droit canonique contemporain ». On ne trouve guère d'écrits de Jean XXIII – même si la

1. « La protection de la sainteté des sacrements ».
2. Source : Pierre de Charentenay, *Études* n° 4133, septembre 2010.

réadaptation de *Crimen sollicitationis*[1] a eu lieu sous son pontificat, en 1962 – ni de Paul VI sur le sujet. Le (très) communicant et politique Jean-Paul II, même, comme le rappelle Pierre de Charentenay, s'il a qualifié publiquement de faute très grave les abus sexuels sur mineurs en 2001 et qu'il a affirmé en 2003 qu'« il n'y a pas de place dans le sacerdoce pour ceux qui font du mal aux jeunes » (ce qui paraît bien le minimum !), a agi *mezzo voce* dans ces affaires. Pis, il s'est même appuyé sur les Légionnaires du Christ, dont il ordonna plusieurs membres lui-même dans la basilique Saint-Pierre et dont il autorisa la fondation de l'université pontificale, la première au monde sur la bioéthique, et dont le fondateur, le père Marcial Maciel, également consultant permanent de la Congrégation pour le clergé, non seulement eut une double vie avec une femme mariée, mais se révèlera surtout un grand pervers sexuel, coupable de plusieurs crimes pédophiles sur des décennies, l'un des plus grands scandales de l'Église contemporaine. Sur plainte de deux séminaristes, le cardinal Ratzinger avait lancé deux enquêtes en 1998 qui n'ont jamais été poursuivies « pour des raisons internes au Vatican », souligne le père de Charentenay... Jean-Paul II a-t-il couvert Maciel ? Au moment de son procès en canonisation, les postulateurs de sa cause (les ecclésiastiques chargés d'instruire le dossier) assureront que le pape polonais n'est soupçonnable d'« aucune implication personnelle » dans cette affaire. Après son élection, Benoît XVI, en mai 2006, démet le père Maciel de tout « ministère public » et l'invite à mener « une vie

1. « Crime de sollicitation. »

discrète de prière et de pénitence ». Mais le Vatican, qui, « indépendamment de la personnalité du fondateur », dit son communiqué, « reconnaît avec gratitude l'apostolat des Légionnaires du Christ », renonce à un procès canonique « tenant compte de l'âge avancé de père Maciel (quatre-vingt-cinq ans) et de sa santé fragile[1] ». C'est dire combien les façons de faire en vigueur sur ces affaires au sommet de l'appareil de l'Église catholique demeurent toujours ambivalentes et opaques. Un rapport du Saint-Siège de mai 2010 scellera l'affaire Maciel en faisant état de « comportements très graves et objectivement immoraux ».

Malgré ces ambiguïtés bien réelles et lourdes de conséquences, Benoît XVI est néanmoins celui des papes qui sera le plus en pointe sur ces affaires de pédocriminalité. « Tolérance zéro », assène le pontife allemand. Le 15 juillet 2010, la Congrégation pour la doctrine de la foi publie ses *Normes sur les délits les plus graves*, texte majeur, toujours en vigueur, qui étend considérablement les champs de compétences du Saint-Siège et assouplit les procédures.

Arrêtons-nous un instant sur les principales révisions apportées par ce document :

• Les abus sur handicapés mentaux sont considérés comme aussi graves que des actes de pédophilie.

• La pédopornographie est ajoutée à la liste des délits, selon la définition suivante : acquisition, détention et diffusion par un membre du clergé, de quelque façon et moyens, de matériel pornographique ayant pour objet des mineurs de quatorze ans au plus…

1. *La Croix*, 19 mai 2006.

• La prescription pour les délits sur mineurs passe de dix à vingt ans, à compter de la majorité, avec toujours possibilité de dérogation au-delà.

• Le retour à l'état laïc pour un prêtre après des actes de pédophilie pourra être plus rapide, le processus de décision étant accéléré : la possibilité, pour la Congrégation, de recourir à un décret extrajudiciaire, ou encore la faculté de déférer directement l'affaire au pape pour une déposition ou un renvoi.

Les règles de confidentialité du procès sont pourtant maintenues.

On notera que les *Normes* n'abordent pas directement la question de la collaboration des autorités ecclésiastiques avec les autorités civiles. Mais la note autorisée du père Lombardi, alors chef du service de presse du Vatican, s'y réfère explicitement : « Il faut toujours suivre les dispositions de la loi civile en ce qui concerne le traitement des crimes par les instances judiciaires compétentes. » Ce point, dont l'importance fut révélée en France en 2001 par la condamnation pénale de Mgr Pican, est aujourd'hui très clair et en principe relayé par la hiérarchie ecclésiale.

Par une lettre du 3 mai 2011 du cardinal Levada, qui a succédé à Josef Ratzinger à la tête de la Congrégation, chaque conférence épiscopale est priée de faire parvenir à la Congrégation des directives destinées à « aider les évêques à suivre des procédures claires et coordonnées pour traiter des cas d'abus ».

À cette lettre est jointe une circulaire qui donne quelques repères à observer dans l'élaboration de ces directives. On peut retenir :

• écouter les victimes et leurs familles,

• établir des programmes de prévention,

• assurer la responsabilité dans la formation, initiale et permanente, des prêtres et religieux,

• favoriser la coopération avec les autorités civiles,

• rendre responsable l'évêque ou le supérieur religieux pour mener systématiquement une enquête préliminaire, dans le respect de la confidentialité qui s'impose.

Le 21 mai 2013, la Conférence des évêques de France publie à son tour des directives pour le traitement des cas d'abus sexuel commis par des clercs à l'égard de mineurs. L'évêque diocésain ou le supérieur majeur reçoit explicitement les instructions suivantes :

1. Après avoir été informé d'un cas d'abus sexuel sur mineur, il s'assure de la vraisemblance des faits allégués. Dans l'affirmative il conduit l'enquête préliminaire prévue par le droit canonique.

2. Si, après examen, les faits allégués ne paraissent pas vraisemblables, il entreprend tout pour rétablir la réputation du clerc.

3. Dans le cas contraire, il prend immédiatement des mesures de précaution en éloignant le clerc suspect de tout contact avec les mineurs.

4. Si le clerc avoue être coupable ou si l'enquête préliminaire reconnaît les faits, l'Ordinaire, c'est-à-dire l'évêque, s'informe si le crime ou le délit a été porté à la connaissance de la justice étatique par la famille de la victime, par l'agresseur lui-même ou par un tiers.

5. Si le cas n'a pas été déféré à la justice étatique, l'Ordinaire invite la personne concernée à se dénoncer

spontanément. Si cette dernière ne le fait pas, l'Ordinaire, quand la loi le prescrit, veille à ce que la justice soit saisie.

6. Si une enquête de police judiciaire est en cours, l'Ordinaire remettra à l'officier de police judiciaire, si celui-ci le demande, les documents sur l'identité du clerc et les éléments d'information sur l'acte incriminé dont il dispose.

7. Le dossier de l'enquête préliminaire est à envoyer à la Congrégation pour la doctrine de la foi, indépendamment de l'avancement de la procédure étatique. Lorsque la décision de l'autorité judiciaire étatique sera connue, l'Ordinaire la transmettra à la Congrégation pour la doctrine de la foi (laquelle décidera de la procédure canonique à suivre).

Les règles en vigueur aujourd'hui au sein de l'Église

Le droit canonique universel prévoit la possibilité de révoquer définitivement évêques ou supérieurs majeurs de leur office pour motifs graves (can. 193 § 1). Le motu proprio du pape François du 4 juin 2016 vient ranger, parmi les causes graves en question, les négligences des responsables diocésains ou religieux dans la gestion des cas d'abus sexuels commis par des clercs sur des mineurs ou des personnes vulnérables. Il en va ainsi de la négligence qui aurait porté à autrui « un préjudice physique, moral, spirituel ou patrimonial ».

La philosophie de ce texte juridique important du pape François est la suivante : d'un côté, l'évêque doit surveiller ses clercs comme tout supérieur envers ses religieux ; corrélativement, le pasteur doit s'assurer que les plus faibles, en l'occurrence les enfants ou les personnes vulnérables, ont toujours été bien protégés.

L'apport de ce document pontifical est riche. En effet, jusqu'à maintenant, le droit de l'Église visait principalement à sanctionner les auteurs d'abus ; désormais, ce sont les dysfonctionnements dans le gouvernement de l'Église qui peuvent être pointés et sanctionnés. Ces négligences graves dans le traitement des affaires sont diverses : des omissions, des silences, des sanctions inadaptées, par exemple.

Là encore, sans qu'il soit aisé de trouver à cela une explication claire, en vigueur depuis septembre 2016, le motu proprio ne semble pas avoir connu d'application directe. Mais les récentes et spectaculaires démissions de certains évêques, notamment leur retrait collectif, au Chili, n'en sont-elles pas comme une résultante ?

Au vu des récents développements de l'actualité en de nombreux pays, on attend et espère certains aménagements du droit canonique portant notamment sur les points suivants : l'allongement du délai de prescription (il est maintenant plus long en droit français : trente ans à compter de la majorité de la victime, depuis la loi du 3 août 2018), l'accessibilité des procédures, le dépaysement des affaires, le rôle des associations de victimes, la publicité des sanctions. Et la liste n'est pas limitative...

Mais, poursuit notre expert, le droit canonique ne peut pas tout : il s'inscrit dans une culture, dans une société civile soumise elle-même à son propre droit, reflet de la conscience d'une population. Dans certains pays, le droit canonique joue un rôle moteur précisément dans la prise de conscience aiguisée de ces drames et la nécessité de les prévenir, de les sanctionner. Dans d'autres pays, tel le nôtre, il faut au contraire reconnaître que c'est l'application du droit français qui a plutôt fait pression sur le droit canonique. Très révélatrice semble l'impulsion qu'a donnée l'obligation de signalement dont les responsables ecclésiaux mesurent tout spécialement l'importance depuis la condamnation d'un évêque par un tribunal correctionnel en septembre 2001, confirmée et amplifiée en novembre 2018 par la condamnation de l'évêque émérite d'Orléans, Mgr Fort. Sur l'exigence de signalement aux procureurs de la République, la pression pénale et médiatique se poursuit jusqu'à aujourd'hui. Et le Saint-Siège a raison d'insister sur la nécessité, dans la pratique, d'une correcte articulation entre préceptes canoniques et civils ainsi que sur la coopération entre autorités religieuses et autorités publiques.

Certes, l'Église catholique a un droit propre, mais il ne doit jamais servir à taire, à couvrir, à dépénaliser, ce qui fut trop souvent le cas par le passé – ainsi la lettre du cardinal Dario Castrillon de Hoyos, datée du 8 septembre 2001, félicitant Mgr Pican d'avoir gardé le silence pour couvrir son abbé. Et cette attitude reste aussi, nous le savons, une préoccupation de certains évêques, encore actuellement.

Comme le souligne Pierre de Charentenay dans son article brillant, « à force d'avoir peur de faire des vagues, on finit par laisser échapper la vérité ». L'objectif de tous doit être, en priorité, de protéger les plus fragiles d'entre nous et, en tout premier lieu, les enfants. L'Église doit à coup sûr relever ce défi, c'est un impératif, tout en facilitant le labeur de la justice des hommes.

Agressions sexuelles, abus de confiance

Nous savons combien, dans l'Église, abus sexuels, abus de confiance et abus de pouvoir sont toujours liés. Il faut donc profondément s'interroger sur les façons pour un supérieur de se positionner par rapport à une personne sur laquelle il exerce une autorité. Selon moi, c'est une question fondamentale. Est-on vraiment au service de la croissance de la liberté, de la conscience, de l'intégrité et du mystère de l'enfant, du jeune, de la personne vulnérable ?

Depuis le concile de Trente, l'Église a peu à peu mis à part la figure du prêtre en en faisant un religieux. Le célibat – nous reviendrons en détail sur cette question dans la seconde partie de l'ouvrage – institue le fait que le prêtre est quelqu'un d'à part. Un corps à part se transforme vite en corps sacré. Et un corps sacré peut rapidement se croire au-dessus de la loi commune, de la loi des hommes.

Pour l'immense majorité des prêtres, il s'agit bien d'être au service de cette croissance, sans jamais semer de confusion, de malentendus, de peurs. Ils savent avec engagement et justesse aimer les enfants et les jeunes. Mais quand on a affaire à des personnalités ambiguës, très fragiles, parfois perverses, le fait qu'une spiritualité et une démarche au quotidien les aient mises à part rend la façon d'agir plus délicate encore. Cet état d'esprit renforce aussi le sentiment de toute-puissance dont sont animés nombre d'agresseurs. Quand le concile Vatican II proclame que l'Église est « peuple de Dieu », il institue qu'elle est une communauté parmi d'autres. Ni plus ni moins. On passe ainsi d'une Église qui se perçoit comme une société parfaite à une Église peuple. C'est un mouvement théologique mais aussi psychologique qui s'opère. Il faut pouvoir se vivre comme un parmi d'autres, parmi et avec les autres chrétiens. Parmi les autres hommes et avec tous soumis aux lois. Certains clercs continuent de courir le risque soit de développer un syndrome de persécution, soit *a contrario* un délire de toute-puissance. Dans ces questions s'entremêlent des phénomènes psychiques et des enjeux théologiques, y compris sur la place de l'Église. Que cette institution pas comme les autres – car elle ne vise pas, normalement, à défendre son intérêt mais à se mettre au service de tous – se soumette à la loi commune, en rompant avec une tradition fondée sur le silence et le secret scellés pendant des siècles, est un exercice complexe. Et dans la relation prédateurs-victimes, il ne suffit pas de dénoncer le crime, il faut comprendre les schémas qui l'ont permis et surtout qui ont empêché sa révélation.

Les schémas d'abus de pouvoir qui sont à l'œuvre se nourrissent d'une conception de la vérité qui, *in fine*, justifie cet abus de pouvoir. La particularité des crimes au sein de l'Église est qu'ils recèlent toujours une justification transcendante. Du côté de l'abuseur, l'acte est d'une façon ou d'une autre relié à Dieu. Du côté de la victime, il représente un séisme qui dévaste le corps mais aussi l'âme. À nous toutes et tous de prendre notre part afin que ces séismes individuels et le mal commis par la mécanique du silence n'engloutissent pas cette Église édifiée par des siècles d'un destin mouvementé et des générations d'authentiques serviteurs de l'Évangile et des hommes.

4

Nommer nos maux

Ces scandales d'abus sexuels sont intimement liés à la culture du silence qui est celle de l'Église depuis des siècles. Là encore, il faut en revenir aux sources. Et ne pas avoir peur d'affronter les questions qui fâchent. Commençons par le début, avec cette interrogation fondamentale : la foi chrétienne repose-t-elle sur des non-dits ?

Quand on reprend le Livre de Job, ce qui frappe avant tout c'est que Job parle ! Il ne fait même que cela. La parole le maintient en vie, et il se met en colère parce que Dieu ne réagit pas à ses interpellations. Job lui lance à de nombreuses reprises : « Réponds-moi ! », « Viens t'expliquer ! » Quand Dieu finit enfin par entrer dans le récit au chapitre 38, il ne semble rien répondre à la longue plainte de Job sur sa condition, sur le non-sens de ce qu'il vit et souffre, tant ses propos sont décalés. Le Très-Haut se montre-t-il donc sourd aux attentes et au désarroi du très-bas ? Il est évidemment tentant d'interpréter ainsi les silences de Dieu. Mais cela ne correspond qu'en partie à la réalité.

La parole de Dieu, la parole biblique, dévoile la vérité,

selon l'expression de Jacques Lacan[1] à propos de la psychanalyse, comme un « mi-dire ». Car la vérité ne peut que se « mi-dire », elle s'écoute avant tout, elle est du côté de l'énonciation et non tant de l'énoncé. Il s'agit d'écouter, d'interpréter, et non de figer, d'enfermer. Alors la parole ne répond-elle jamais frontalement à la question de l'homme, elle fait toujours un pas de côté pour nous entraîner à regarder depuis un autre point de vue. Le dire du « mi-dire » échappe toujours au dit, à un énoncé qui se voudrait clos et définitif.

Dieu s'adresse à nous comme s'il nous parlait de biais, par la vie réelle, par l'action de l'homme. Quand Pilate demande à Jésus : « Alors es-tu roi ? », celui-ci rétorque : « C'est toi-même qui dis que je suis roi » (Jn 18, 35). La Bible est ainsi très souvent construite sur de grands récits paraboliques. Leur rôle est avant tout de nous suggérer ce « qui ne va pas sans dire », ce « mi-dire » de Dieu, et de l'homme. Le sens s'approche par l'interprétation, en tâtonnant. Il n'y a pas d'évidence ni de certitude. Pas de démonstration, de transparence, car chacun, chaque lecteur, chaque croyant, est appelé à la liberté, à l'intelligence et à la foi pour relier les événements autant que pour les relire, à partir de tout ce que la tradition a déjà engrangé de significations. À chacun alors de construire son propre récit. Le travail des évangélistes est justement de se saisir de la circonstance de la Croix, qui fait

1. Jacques Lacan, « L'étourdit », *Autres écrits*, Seuil, 2001 ; *Le séminaire I* (chap. XXI – La vérité surgit de la méprise) ; *Le séminaire II, Le moi dans la théorie de Freud et dans la technique psychanalytique* (1954-1955), Seuil, 1978, p. 33.

rupture par rapport à la foi juive mais aussi au sens commun, et de la raccorder à ce qu'ils ont entendu de Jésus et à ce qu'ils connaissent de leurs traditions. À partir de cette situation *a priori* inintégrable, Jésus exécuté sur une croix, ils vont construire un récit, quatre versions qui reprennent le fil d'une tradition réinterprétée et proposent de la nouveauté. Il s'agit de répondre à l'interrogation : pourquoi le fils de Dieu a-t-il été crucifié ? Le fait devient un événement parce qu'il intègre un récit plus vaste que l'on réinterprète. Un événement au sens de Jacques Derrida ; non seulement *ce* qui arrive, mais ce *qui* arrive, l'arrivant. La question « que faire avec (ce) qui arrive ? » commande une pensée de l'hospitalité, du don, du pardon, du secret, du témoignage. Tout cela concerne « (ce) qui arrive », l'événement, dans sa singularité, son caractère imprévisible. Un événement est unique. C'est bien cela qu'accomplit la première communauté chrétienne avec la mort du Christ en croix, transformant cet événement en acte décisif de la foi chrétienne. Dieu ne s'impose pas. Sa parole non plus, à l'instar d'un tombeau vide qui est un signe offert aux yeux de la foi.

Pour en revenir à mon ami Job, c'est d'une certaine façon ce qu'il vit. Car quand Dieu se met à lui parler au chapitre 38, c'est pour raconter la création. Et Job va se satisfaire de cette parole, lui qui, pourtant, se demande « pourquoi » tout au long du livre. Le Dieu qui s'entretient avec Job le réclame comme son interlocuteur, son égal en quelque sorte. Nous sommes en présence de deux libertés. Job déclare : « Jusqu'ici j'avais entendu parler de toi par ouï-dire, aujourd'hui mes yeux t'ont vu » (chap. 42). Cette parole est, pour moi, l'une des plus belles de la Bible. Nul ne sait ce que Job a vu, mais il est entré en relation libre avec un Dieu libre qui s'adresse à lui. Sans doute est-ce là ce qui est « vu ».

On peut comprendre dès lors la pudeur biblique, racontée aussi sur la montagne de l'Horeb, quand Moïse a la face voilée par la main de Dieu lui-même se montrant à lui (Ex 33, 21-23), ou quand le prophète Élie enveloppe son visage de son manteau pour se tenir devant la grotte et « voir » passer le Seigneur après la brise ténue (1 R 19, 14). La révélation de Dieu est loin de la transparence. Dieu est pudique sur qui il est, afin de ne jamais entamer la liberté de l'homme.

Mais cette pudeur ne s'applique pas à la dénonciation des crimes qui, elle, est toujours vigoureuse. Comme avec le prophète Amos, au VIIIe siècle avant notre ère environ, au chapitre 2 : « Ainsi parle le Seigneur : À cause des trois crimes d'Israël, même de quatre, je ne révoque pas mon arrêt, parce qu'ils ont vendu le juste pour de l'argent, et le pauvre pour une paire de souliers. Ils aspirent à voir la poussière de la terre sur la tête des indigents, et ils violent le droit des humbles. Le fils et le père vont vers la même fille profanant ainsi mon saint nom. Ils s'étendent près de chaque autel sur des vêtements pris en gage, et ils boivent dans la maison de leur dieu le vin de ceux qu'ils condamnent. »

Quant à l'Évangile, souvenons-nous de ces paroles quand Jésus traite ses contemporains de « race de vipères » (Mt 12, 34), manie l'imprécation (« Malheur à toi… », Mt, 11, 21), chasse les marchands du temple de Jérusalem et les invective : « Ma maison sera une maison de prière, mais vous, vous en avez fait une caverne de bandits » (Lc 19, 46).

Le rapport complexe entre vérité et « scandale »

Ainsi, la Parole de Dieu est toujours claire et tranchante quand il s'agit de nommer les crimes, les injustices, les mensonges, tout ce qui contrevient au droit et à la dignité des plus vulnérables…

Et voilà qui nous amène à penser le scandale. Le scandale, c'est d'attenter à la vie des plus vulnérables, de ceux qui sont les protégés de Dieu, étrangers, pauvres, veuves, enfants…

Dans l'Ancien Testament, la traduction de l'hébreu *moqesh*, « scandale », peut s'entendre par « filet pour prendre les oiseaux », « piège », « appât », mais aussi « sujet de chute, de ruine ». Il évoque un « obstacle sur le chemin », une « pierre d'achoppement ». « Ne mettez pas d'obstacle devant un aveugle » (Lv 19,14). Il est enfin, souvent, pris au sens figuré de tout ce qui va être « occasion de pécher ». Selon les textes, Dieu ou bien l'homme peut être l'acteur principal. L'homme est agent de scandale quand il « fait tomber » quelqu'un, l'entraîne au mal par tentation ou piège. « Le Fils de l'homme enverra ses anges, qui arracheront de son royaume tous les scandales (*skandalon*) et ceux qui commettent l'iniquité » (Mt 13, 41).

Le scandale est un obstacle pour la foi, quelque chose qui empêche de croire. Dans sa lettre théologique du 11 septembre 2018, Mgr Luc Ravel, l'archevêque de Strasbourg, rappelle ceci : « Une brève réflexion sur le scandale à éviter ne me semble pas inutile : “Malheur à l’homme par qui le scandale arrive”, avait affirmé Jésus (Mt 18, 7). C’est peut-être cette sentence qui a inspiré les pasteurs. Hélas ! ils l’interprétèrent en faisant un contresens grave. Car la suite du texte biblique est sans nuance : “Si ta main ou ton pied sont pour toi une occasion de scandale, coupe-les et jette-les loin de toi” (Mt 18, 8). [...] Pour la Bible, il s’agit donc d’éviter le scandale pour ne pas faire tomber des frères et spécialement les petits. Il n’y a donc aucun rapport entre le scandale à éviter dont parle la Bible et la tentative, élucidée aujourd’hui, d’éviter le scandale pour ne pas ternir l’image d’un prêtre ou de l’Église. Le scandale que dénonce la Parole de Dieu ne concerne pas l’image du prêtre : Pierre et les autres apôtres sont montrés comme des pécheurs, des traîtres ou des lâches. »

Dans un sens bien différent, Dieu lui aussi peut être agent de scandale pour son peuple, lorsque, dans une situation de péché, il le provoque à prendre parti et met sa foi à l’épreuve. Cela vaut aussi pour Jésus dans le Nouveau Testament : Syméon prophétise que l’enfant sera « une pierre d’achoppement » (scandale, précisément) pour beaucoup en Israël : le caractère provocant de la personne et de la mission de Jésus culminera dans la Passion et dans la Croix. « Nous, nous prêchons Christ crucifié ; scandale (*skandalon*) pour les Juifs et folie pour les païens » (1 Co 1, 23).

La foi chrétienne s’est bâtie sur un double scandale. Le scandale de l’incarnation : Dieu s’est fait homme. Le scandale, ensuite, de la Croix : le fils de Dieu est mort crucifié comme un vaurien, mais pas comme l'un de ces faux prophètes qu'à l'époque on lapidait. Le scandale est au cœur de la foi chrétienne. Mais attention à ne pas se tromper de sens. Le scandale est ici un don en faveur de tous, car ce Dieu qui fait scandale est celui qui entre dans la condition humaine pour se mettre du côté de ceux qui se croyaient loin. Dieu ne vient pas pour servir les puristes de la religion, ceux qui se croient justes. Sa révélation fait scandale pour les bien-pensants de l'époque. Ce scandale-là devrait instruire l'Église. Ce scandale initial, celui qu'incarne la Croix, doit sans cesse nous déranger. Au nom du scandale d'un Dieu fait proche, d'un Dieu qui en son fils accepte de mourir comme un bandit, le scandale que représentent les abus sexuels est plus insupportable encore. Le scandale de la Croix doit aider l'Église, aider les croyants, à affronter avec plus de vérité et de détermination ces crimes et ces mensonges, afin qu'enfin la vérité se fasse, la justice passe et que ce qui peut être réparé le soit.

Le rapport à la vérité n'est jamais facile. Mais l'obligation éthique, spirituelle, évangélique nous impose de nous confronter à ce désastre. Quand Jésus prie au mont des Oliviers quelques heures avant son arrestation, qu'il est confronté à la vérité de sa vie : consentir à tout donner, afin de témoigner de l'amour de Dieu, il est « dans l'angoisse », nous dit l'Évangile de Luc (22, 39-46) et sa « sueur devint comme des gouttes de sang ». Mais c'est bien de faire la volonté du Père qui demeure première.

Pour l'Église aujourd'hui, cette vérité à faire est impérative et impérieuse. Sa légitimité, sa fidélité sont à ce prix. Et son angoisse devant ce lourd labeur n'égalera jamais l'angoisse et les larmes de sang des victimes. Toute dissimulation aggrave le drame des personnes victimes tout comme la crédibilité de l'Église. Cette volonté de cacher fait boucle bien souvent avec celle de l'agresseur. Lui qui muselle ainsi sa jeune victime : « Ce sera notre secret. » Par son silence coupable, l'Église – comme la famille d'ailleurs en pareil crime – scelle un peu plus le tombeau dans lequel est enfermée sa parole. D'autant que, tout comme la famille, elle se comporte ainsi au nom de la confiance. Elle n'a d'autre levier pour témoigner que la confiance de ses membres, c'est là qu'elle trouve son ancrage. Aussi ne doit-elle pas trahir cette confiance qui la fonde.

Ambiguïté de la « transparence »

Reste que je m'interroge sur la transparence, car elle est trop souvent confondue aujourd'hui avec l'œuvre de la vérité. La transparence n'est plus seulement un droit, elle est une exigence morale. Tout devrait être transparent : notre naissance, nos amours, nos choix, notre situation sociale ou financière. Notre mort même, qui devrait s'exposer au jour. Tout ce qui est caché devient vite suspect. Nous sommes dans un vertige de la transparence.

Mais écouter des vies bouleversées me questionne sur cela, alors que je me bats contre ce mauvais secret institutionnalisé en matière de crimes quant à l'intimité de l'autre.

J'ai appris qu'il y a des discrétions indispensables à la parole confiée, des pudeurs en quelque sorte. La transparence a de véritables vertus et des lettres de noblesse. Magnifique quand il s'agit de cette justesse intérieure, de cette harmonie qui est une qualité de l'être, dont parle la philosophe Simone Weil[1]. La transparence peut être envoûtante, en renvoyant à une pureté, et se confondre avec la limpidité. Souvenons-nous de ce vers magnifique de Jean de la Fontaine dans « Le Héron » : « L'onde était transparente ainsi qu'aux plus beaux jours. » Mais l'histoire politique lui a donné un autre sens, spécialement quand en 1985 Mikhaïl Gorbatchev, alors premier secrétaire du Parti communiste au pouvoir en Union soviétique, fit l'annonce d'une nouvelle politique fondée sur la Glasnost, mot que l'on traduisit par transparence en français. C'est ainsi que l'on put connaître les faits sur les grandes purges de Staline. Mais supprimer l'obscurité fait-il disparaître le mal ? À travers nos responsabilités à tous, en famille, dans la vie professionnelle et sociale, nous savons qu'il nous faut faire constamment la distinction entre les choses qui doivent demeurer cachées et celles qui peuvent ou doivent être révélées. Comment distinguer le souci de la justice et de la vérité du besoin de s'exhiber ? L'exigence d'honnêteté du désir de se repaître du spectacle de la misère morale d'autrui, du sordide…

Aussi faut-il douter du devoir de transparence, bien souvent transformé en tyrannie de l'apparence. Douter de cet impératif qui risque de réduire des actes humains toujours

1. Victor H. Debidour, *Simone Weil ou la transparence*, Paris, Plon, « La recherche de l'absolu », 1963.

complexes à une affligeante superficialité du spectacle. « On sait bien que la volonté de savoir peut aussi être perverse avec les intentions cachées, celle de détruire l'objet qu'elle regarde, de détruire la personne qu'elle questionne, note fort justement le jésuite Pierre de Charentenay[1]. Il n'y a rien de plus destructeur qu'un discours abstrait. Il jette le soupçon partout, touchant des personnes dans leur vie. Des erreurs peuvent se glisser dans le diagnostic : qui viendra le réparer ? »

Le secret rend compte de l'intime de l'humain dans cette relation, cette tension entre le dit et le non-dit, entre l'intime et le public. Le secret est contemporain de la conscience[2]. C'est le dialogue entre André Malraux et l'aumônier du Vercors dans les *Antimémoires* : « Qu'est-ce que la confession vous a enseigné des hommes ? » La réponse : « Le fond de tout, c'est qu'il n'y a pas de grandes personnes…[3] » Chaque existence est marquée de secret, pétrie de mystère. C'est en ce lieu que se constitue aussi le cœur de l'identité de chacun, de sa dignité.

Parler ainsi du secret, c'est dire qu'il est un bon secret, aimable, ouvert comme les coulisses d'un théâtre. Il est cette région en nous-mêmes où le passage se fait entre l'intime et le pensable, et peut-être alors le partageable. Sans ces secrets-là, dont peut être garant tel proche, ami,

---

1. Revue *Études*, n° 4133, septembre 2010.
2. Voir Anne Dufourmantelle, *Défense du secret*, Payot, 2015.
3. André Malraux, *Le Miroir des limbes, Antimémoires*, Gallimard, « La Pléiade », 1976.

médecin, religieux, pas de lien possible, de confiance à offrir.

Prenons soin de la gravité qu'il y a à les préserver, ils ne relèvent pas du droit, mais bien de la possibilité à confier sa parole et son silence en partage. Comment aimer sans cela ?

Mais il est de bien terribles secrets, qui volent l'existence, l'empêchent d'aller à elle-même. Le secret n'est pas le fait qu'un événement ne soit pas raconté, il est qu'il doit être tu, interdit de parole, de séjour. Nous le savons, les drames subis, jusqu'aux crimes, appartiennent alors à l'indicible en soi ; ils peuvent devenir irreprésentables pour le sujet lui-même, victime de violence ou de mortel silence, et pour la génération suivante. Les nombreux travaux sur les secrets de famille sont ici malheureusement concluants.

Ce secret-là est hostile, funeste, verrouillé. Il empêche de penser, obture jour après jour une part de la vie, de la mémoire, de la chair. Un secret qui n'est pas plus dicible qu'il n'est discret. Et tel est l'art consommé de sa violence qui court le temps. Il se met insidieusement au cœur de la vie, sur un passage obligé, afin que l'on ne puisse l'éviter, et qu'il soit pourtant impossible de le pénétrer. Il est comme cette tombe placée au milieu du salon, dont j'ai déjà parlé, avec cette épitaphe : ci-gît un secret. Pensez-y. N'y touchez pas. Qu'il repose en paix tant que vous resterez en souci… « Alors la pierre qui pèse sur mon âme retombera de tout son poids sur le passé, qu'elle maintiendra comme dans un caveau, en empêchant qu'il se réveille[1]. » Ce secret tue la pensée, il déchire l'âme.

1. Stefan Zweig, *Vingt-quatre heures de la vie d'une femme*, Le Livre de Poche, 2003.

Aujourd'hui, notre société est à la croisée des chemins, entre la transparence hégémonique, mais parfois indispensable à la recherche du vrai et du juste, et le secret, vital pour le respect de la vie privée, de l'intégrité du corps humain, de la confiance, mais aussi destructeur quand il vient cacher ce qui doit venir au jour.

Ainsi, ce dont nous sommes comptables, absolument comptables, c'est de l'honnêteté et de la justice. C'est de la clarté et de la justesse. Voilà ce qui nous incombe, impérieusement. Une clarté qui réclame du discernement, ce que les anciens nommaient la vertu de *discretio*, autrement dit la capacité à distinguer, à discerner. À faire ce qui est juste. Juste avant tout, pour les personnes victimes et leurs proches. Juste, au regard de l'obligation légale, morale et évangélique de l'Église.

C'est donc toujours avec soin qu'il faut avancer. Ce qui est parfois bien difficile dans une matière si chargée en émotions, mais de fait d'autant plus indispensable.

Chaque situation doit faire l'objet d'une enquête longue, rigoureuse, suivant une procédure réfléchie, au sein de l'Église universelle, y compris en France, pour désigner le crime, en confondre les acteurs et les complices. Seul ce travail permettra de sortir du soupçon généralisé. Ce dernier est si facile à accoler, par exemple aux femmes et hommes politiques traités de menteurs et de corrompus suite à la corruption de certains. Cette promptitude à la calomnie est aussi une manière de se mettre à distance, car elle prétend indiquer alors le camp des méchants, délimitant par là même celui des gentils, des bons, des purs. Mais la vie n'est pas ainsi faite. Prenons garde de ne pas sombrer dans le voyeurisme, qui est un écueil de ces affaires, d'autant que nous évoluons dans des sociétés qui se repaissent souvent du malheur des autres et entretiennent parfois avec lui une forme de complaisance…

Alors oui, travaillons avec rigueur, persévérance, méthode. Il nous faut trouver ce courage, afin de nommer tout ce qui doit l'être – crimes, auteurs, complicités, mécanique de l'Église qui aura rendu possibles des décennies de mal commis et de drames subis.

Pour en finir avec la « pédophilie »

Une première manière de bien nommer les choses, ce serait de se défaire enfin du terme « pédophilie ». Rappelons-nous : « Mal nommer un objet c'est ajouter au malheur de ce monde, car le mensonge est justement la grande misère humaine, c'est pourquoi la grande tâche humaine correspondante sera de ne pas servir le mensonge[1]. » Ou suivons plutôt l'autre parole de Camus dans *L'Homme révolté* : « La logique du révolté est de vouloir servir la justice pour ne pas ajouter à l'injustice de la condition, de s'efforcer au langage clair pour ne pas épaissir le mensonge universel… »

J'imagine, en effet, que la plupart d'entre nous aime les enfants, de tout son cœur comme de toute son intelligence.

1. Albert Camus, « Sur une philosophie de l'expression », compte rendu de l'ouvrage de Brice Parain, « Recherches sur la nature et la fonction du langage », *Les Essais*, Gallimard, « La Pléiade », 1984.

C'est bien parce que nous les aimons qu'il nous incombe de les protéger autant que de leur permettre de grandir dans la sécurité maximale et la confiance en eux-mêmes et dans les adultes qui les entourent. Nous les aimons et nous essayons, bon an mal an, d'aimer ou de nous réconcilier avec l'enfant qui est resté en nous, comme il se tient toujours en l'autre. À cette fin, pour pouvoir aimer cet enfant que nous sommes toujours, comme l'écrivait avec tant de passion Françoise Dolto, pour aimer avec vérité tout enfant, il faut empêcher toute confusion. L'expression la plus juste serait « pédoclastie ». Mais ce néologisme n'est pas dans les dictionnaires. Il s'agit d'une analogie avec l'« iconoclastie » qui est le fait de briser, de détruire les images religieuses, les icônes. La pédoclastie, c'est ainsi briser l'enfance, la fracasser. Le substantif le plus juste est « pédocriminalité », sachant qu'il faut alors donner une plus grande acception à ce terme que ne le fait la justice. Car pour celle-ci la pédocriminalité concerne les enfants prépubères. Il nous faut donc entendre ici les agressions sexuelles sur l'ensemble des mineurs. Car il s'agit bien de ce qui fracture l'enfant et l'enfance, et donc l'enfance en chacune des personnes touchées, quel que soit l'âge qui est aujourd'hui le sien. Œuvre de destruction et nullement d'amour. Là se tient la confusion avec le terme généralement usité de pédophilie. Prendre la mesure du séisme provoqué, c'est voir combien nous sommes à l'opposé d'un amour d'affection, de soin avec les enfants. Séisme d'autant plus violent qu'il s'accompagne du mensonge de l'adulte faisant croire à l'enfant que « c'est pour [son] bien ». Le piège des mots est déjà celui de la pensée et de la vie.

La pédocriminalité dans l'Église n'est pas sans rapport avec l'inceste. C'est en quelque sorte un inceste dans le cadre du « sacré ». C'est le lien symbolique qui est mis en cause. On ne le répétera jamais assez, les abuseurs sont des personnes de confiance, avec une charge éducative, un rôle d'autorité, une aura, toutes qualités qui participeront au silence des victimes et trop souvent à l'aveuglement et/ou à l'omerta des proches, et qui sont renforcées, redoublées même par le caractère « sacré » du sacerdoce, aux yeux de beaucoup de catholiques.

Cet abus d'autorité, de confiance, de conscience, cet abus spirituel renvoie à ce que le psychanalyste Paul-Claude Racamier nomme le « climat incestuel ». Climat de confusion, ou d'empêchement de l'intimité de l'enfant, d'intrusion, de séduction, de manipulation, y compris quand il est sans violence sexuelle, *stricto sensu*. Il peut être aussi ravageur que les actes incestueux. « L'incestuel, c'est l'inceste moral », écrit P.-C. Racamier[1]. Quand un enfant ne peut se repérer correctement dans des liens d'amour familiaux et apparentés, surgit alors le risque de climat incestuel qui insidieusement se présente de façon banale. Et c'est bien cette banalisation qui est un obstacle majeur pour repérer l'incestuel.

Qu'il soit entre frère et sœur, entre parent et enfant, entre grands-parents et enfant, oncles et tantes et neveux, entre religieux et enfants ou adolescents, l'inceste et ses

1. P.-C. Racamier, *Le Génie des origines*, Payot, 1992 et surtout *L'Inceste et l'incestuel*, Dunod, 2010.

apparentés introduisent toujours de la dissymétrie, de la confusion des places puisque la tendresse légitimement attendue se transforme en acte sexuel et sensuel. Celui qui doit être protégé dans son intimité se trouve exposé, et même surexposé. Je parle bien de la place et pas seulement du rôle. Il ne s'agit pas ici simplement d'occuper avec intelligence son rôle parental, son rôle de père ou de mère, d'oncle ou de tante, de parrain ou de marraine, ou encore de prêtre ami de la famille ou responsable des scouts, mais il s'agit d'être à la bonne place. Dans nos sociétés occidentales, nos rôles ont évolué durant le siècle dernier, tant au sein de la famille que dans l'Église et dans la société. Et c'est la plupart du temps un vrai progrès dans la reconnaissance mutuelle et dans l'équité. Mais ces rôles ne modifient pas pour autant les places. Un père plus proche de son enfant, plus affectueux, qui prend soin de son nourrisson au quotidien n'en est pas moins père que celui qui s'en désintéresserait. Un prêtre, qu'il soit plutôt distant ou au contraire proche, n'en est pas moins prêtre. Dans le drame, l'enfant saura que sa place d'enfant lui a été volée par cet adulte qui usurpe une place interdite. Un adulte, par la force, par la séduction qui sidère, par la confidence qui emprisonne, a violé et détruit la place de sa victime.

Ici, la loi morale se doit de prendre le « tournant de l'interdiction », pour reprendre la terminologie du philosophe Paul Ricœur, non pas uniquement pour pénaliser mais pour fournir des repères, pour rendre à la conscience ses droits, pour ériger une digue qui rende possibles les amours, pour manifester le lien qui doit exister entre la loi morale et le droit, et signifier à l'homme qu'il n'a pas tout pouvoir sur l'autre.

Digue rompue par les abus, par des positions usurpatrices. Mais le terme d'« abus sexuels » prête aussi à confusion et représente une impropriété de langage. Telle personne aura été « abusée » pendant son enfance, tel suspect aura « abusé » d'un ou de plusieurs enfants. Le terme d'abus sexuel s'est ainsi vu systématiquement réservé aux victimes mineures de sorte que parler d'« abus sexuel sur mineur » est devenu un pléonasme et un euphémisme qui n'a rien de doux.

Sans doute la confusion vient-elle du fait que ces crimes sont commis dans le cadre d'un abus d'autorité et de confiance. Abus qui est une circonstance aggravante du délit pénal. L'abus d'autorité, qu'elle soit parentale, morale ou ecclésiale, permettant la proximité avec le mineur et l'obtention de sa confiance, se trouve confondu et englobé dans la notion fausse d'abus sexuel. C'est faire un coupable amalgame entre l'agression ou le viol et la circonstance qu'est l'abus d'autorité. L'édulcoration des mots, là encore, participe à la minoration des faits et de leurs conséquences, car l'imprécision de l'abus n'est pas aussi évocatrice que de nommer l'agression ou le viol. Pire, ce terme peut porter en lui une idée de justification puisque l'abus est compris comme le franchissement d'une limite mal définie ou comme un simple excès. Et non comme la transgression claire d'un interdit. Abuser c'est – seulement – aller trop loin… Ambiguïté détestable. En langage courant, l'abus se définit en effet comme le mauvais emploi, l'excès. En termes juridiques[1], l'abus ne se conçoit pas sans un droit préalable qui serait mal employé, tout est alors question de limite et de proportion. Mais en matière de délinquance sexuelle, il n'y a pas de droit préalable susceptible d'abus. Il n'existe aucun droit sexuel sur un enfant, ou une personne vulnérable, dont on pourrait finir par abuser. Ainsi, l'abus sexuel n'existe pas. La brutalité des faits et leurs conséquences sont quant à eux bien réels. Vouloir les masquer derrière des termes atténués revient, là encore et toujours, à les nier.

La première justice à rendre aux victimes est l'utilisation des mots adéquats.

---

1. Cf. la tribune de Jérôme Rousselle, avocat au barreau de Paris, *Libération* : « Pourquoi l'abus sexuel sur mineur est un abus de langage », 4 décembre 2018.

Seconde partie

Vers un renouveau spirituel

1

Église et sexualité

Le rapport que nous entretenons, nous, « femmes et hommes de Dieu », avec la sexualité intrigue beaucoup nos contemporains et, d'une certaine manière, on peut les comprendre. Cette façon singulière que notre foi a d'appréhender ce sujet intime, de faire de la continence une vertu et une manière de vivre représente-t-elle un terreau favorable à l'éclosion de perversités, jusqu'à l'abomination des agressions sexuelles ? Au sein de notre modernité hypersexuée, l'interrogation habite bien des esprits. Essayons donc d'y voir clair, en démêlant une à une les grandes questions qui occupent débats publics et conversations privées.

Comment la sexualité est-elle abordée au sein de la Bible, étudiée par la théologie et traitée dans la vie de l'Église et le quotidien des croyants ? D'emblée, disons-le tout net : la tradition biblique n'évoque jamais expressément le concept de sexualité, qui ne sera pas défini par la médecine avant le XVIIIe siècle. Dans la Bible, on parle de situations toujours concrètes, l'amour, le plaisir, l'érotisme, la crainte que peut susciter la chair, le mensonge qui s'y cache parfois, la violence qui la dévoie. Pour le texte, les textes, la question est bien souvent comment vivre une vie amoureuse, sexuelle, charnelle, qui soit en accord avec le Dieu de l'Alliance. Aussi n'y a-t-il pas de discours global sur la sexualité, de manuel en quelque sorte, et il faut d'emblée considérer la pluralité des approches bibliques. Celles qui affleurent dans le premier chapitre de la Genèse, les textes de lois du Lévitique, les longs poèmes du Cantique des Cantiques ne sont pas les mêmes.

Dans les premiers chapitres de la Genèse, que nous avons déjà mentionnés, où la création se dit par un poème, au chapitre I, puis par une grande parabole en Genèse 2 et 3, se dévoile avant tout l'idée que la condition sexuée de l'humain est bénie de Dieu. Elle fait partie de son « plan » créateur, organisant un monde différencié afin qu'il sorte du chaos. Cette condition sexuée n'est pas un accident, mais au contraire ce qui participe à révéler qui est le Dieu unique, lui qui fit « homme et femme à son image, vers sa ressemblance ». Ainsi, la distinction des sexes et la rencontre des femmes et des hommes est un signe vers *qui est Dieu.* Une création traversée par la parole, avant tout celle de Dieu qui sépare du chaos, du « tohu-bohu », qui organise le monde afin que la terre devienne habitable pour l'humain.

Ces chapitres, ce geste créateur par la Parole viennent d'emblée se proposer à notre réflexion. Ils indiquent que pour être bonne et juste, la sexualité humaine doit être accompagnée, entourée par la parole. Une parole, celle de mon ou ma partenaire, qui respecte, donne sens, écoute, une parole qui distingue, qui refuse la confusion et rend possible alors la relation.

Le chapitre III, souvent nommé de la « chute », autrement dit de l'advenue du péché, raconte que c'est avant tout par la faiblesse de leur écoute, par le peu de soutien entre l'homme et la femme, qu'advient la transgression, induite par le propos persifleur et mensonger du serpent, le plus rusé des animaux sauvages, qui séduit la femme tout autant que le fruit défendu l'a attirée. Il faut bien comprendre qu'ici la transgression n'est pas d'abord liée à la sexualité, mais à la difficulté de se maintenir dans la parole de Dieu qui a posé un interdit : « Le Seigneur Dieu donna à l'homme cet ordre : "Tu peux manger les fruits de tous les arbres du jardin ; mais l'arbre de la connaissance du bien et du mal, tu n'en mangeras pas ; car, le jour où tu en mangeras, tu mourras" » (Gn 2, 16-17). Ce que l'humain ne parvient pas à faire, devant le serpent, c'est affirmer que cette parole est pour la vie, afin que l'homme et la femme vivent et soient partie prenante de la création. Devant la tentation, ils ne croient pas assez à la bonté de Dieu, ils ne reconnaissent pas que la condition finie et limitée est une condition bénie puisque c'est Dieu même qui l'a créée. Ils n'entendent pas que la limite de la connaissance – celle qui voudrait se saisir de la séparation entre le connaître qui fait vivre et celui qui fait mourir, ce qui est bon et ce qui est mauvais[1] –, que cette limite donc est indispensable au vivre. Question si actuelle quand nos progrès techniques, notre génie inventif ne sont malheureusement pas seulement au service d'un progrès d'humanité !

---

1. Voir Marie Balmary, *Abel ou la traversée de l'Éden*, Grasset, 1999.

La conséquence de cette transgression en Genèse 3, c'est le changement de signification de la finitude humaine, de sa vulnérabilité. À la fin du chapitre II, celle-ci, en effet, ne pose pas problème. « Or, tous deux étaient nus, l'homme et sa femme. Et ils n'avaient pas honte, l'un devant l'autre » (Gn 2, 25). Il n'y a ni honte, ni peur, ni soupçon. Quelques versets plus loin, après avoir saisi le fruit interdit, cette même nudité – symbole de la fragilité – devient dangereuse : « ils virent qu'ils étaient nus » (Gn 3, 7) et ils vont tenter de voiler cette nudité par un vêtement, mais aussi en se cachant de Dieu et en rejetant la faute sur l'autre. Désormais, la crainte de l'autre l'emporte sur la confiance. Là est la pointe du texte. Et non une honte de la sexualité. Ce qui les a menés là, et qui est cause de tant de désastres, de crimes, de violences, dans la Bible comme dans l'histoire, pourrait se résumer par le « tout moins un ». La femme et l'homme ont à leur disposition toute la création, tous les arbres du jardin. L'unique limite concerne le fruit d'un arbre. Ils ont tout « moins un ». N'est-ce pas un enjeu éthique vital de notre condition humaine, de notre vie ensemble, que de consentir au « tout moins un » ? Il y a un interdit, non pas mille, non pas dix. Mais un, fondateur du lien possible, de la confiance, de l'avenir donc. À vouloir absolument tout, sans limites, sans manque, alors il n'y a plus de désir possible, plus d'attente. Plus de limite à la jouissance, à la convoitise. On accapare pour assouvir sa convoitise.

Voilà ce que nous racontent ces trois chapitres de la Genèse. Une grande et magnifique méditation sur la façon de vivre en humanité, et non comme des brutes, sur « comment aimer sans crainte ».

Le Cantique des Cantiques, autrement dit le Cantique par excellence, célèbre, lui, un amour libre entre une femme et un homme – pas l'inverse –, sans qu'il soit jamais question dans ce chant de huit chapitres – datant sans doute du VIe siècle avant notre ère – ni de mariage ni d'enfant ; pas davantage de péché. Ce poème célèbre l'amour, la séduction, l'érotisme. Mais non de façon débridée, sans repère. Au fil des versets, on réalise là encore l'importance de la parole entre eux. D'une parole qui entoure, caresse, met en sécurité, d'une parole qui fait loi. On mesure aussi la place que prend la liberté. Rien ne vient contraindre ni la femme ni l'homme, et on comprend alors que dans le contexte du Proche-Orient ancien, un tel texte, dans le corpus biblique, relève d'une sorte de miracle. Enfin, le poème souligne la force de l'amour contre ceux qui voudraient l'empêcher ou face aux événements de l'existence. C'est un amour charnel, bien réel, alors fort comme la mort, mais un amour toujours respectueux.

L'interdit et la vertu

La tradition biblique montre toute l'ambivalence de la condition sexuée. Le plaisir fait partie de la création et il n'y a pas lieu de le soupçonner. Mais ce dernier peut se dévoyer, devenir tyrannique et piétiner alors le respect, la liberté de l'autre, son intégrité. La sexualité, source de vie et de bénédictions, étrange marque de proximité avec la condition de Dieu, peut se transformer en force mortifère, destructrice, marquée de mensonge, de convoitise, de violence. « La merveille, l'errance et le tragique », écrit le philosophe Paul Ricœur[1], là sont bien les réalités de notre sexualité aujourd'hui. Pour le meilleur, le plus magnifique, et le plus sordide, le plus vil, le plus violent et pervers. La sexualité est une réalité ambivalente par excellence, depuis toujours porteuse d'ambiguïté, d'inquiétude autant que de beauté, d'ouverture, de fécondité. Il faut non la soupçonner, mais l'appréhender avec lucidité et vérité.

Cette conscience amène les anciens, d'emblée, à instituer des règles qui ne sont pas d'abord des catalogues, mais qui sont mues par une profonde lucidité quant à la capacité tragique de l'humain à la perversion du meilleur. Car la merveille de l'amour, du don mutuel, peut se transformer en tragique de l'intime, de la violence et de la destruction. Nous sommes bien au cœur de notre sujet : les valeurs constitutives de la sexualité – les valeurs d'échange, de communion, de fécondité et de créativité peuvent être fracassées par cette part sombre de chacun d'entre nous.

Cette réalité abyssale réclame de nous de l'attention, autrement dit de la vie soucieuse, appliquée à ce qu'elle est et ce qu'elle fait. Ce que nos pères, tant dans la tradition théologique que philosophique, nomment vertu. Voici un vieux mot mais qui, pourtant, conserve toujours de beaux

---

1. Paul Ricœur, « La merveille, l'errance, l'énigme », *Esprit*, n° 289, novembre 1960, et *Philosophie de la volonté*, II. *Finitude et culpabilité*, Paris, Aubier, 1960, 1988.

jours devant lui car la vie vertueuse signifie la façon d'incliner son existence de la bonne façon. La vertu est ce qui rend possible de s'orienter vers le juste, vers le bon, vers le meilleur, sans avoir systématiquement besoin de recourir à des lois contraignantes. La morale de l'obligation ne peut suffire à ordonner nos comportements et nos manières de faire. Il faut une visée à l'existence. Un orient, une inclination, une direction. C'est là que la vertu intervient. Elle est une force intérieure qui allie l'intelligence pratique et la capacité de juger afin de déterminer ce qu'il y a de mieux à faire dans des circonstances précises. Et elle donne la force et le courage de l'accomplir, de le mettre en pratique. En fin de compte, la vertu est un pli de l'existence qui donne du « flair », y compris face à des circonstances ou des événements imprévus de la vie. Heureusement, il est de bons plis…

Ici, on pense aux vertus de « juste place » et de tempérance. Elles permettent de mettre des limites, des freins, des frontières même. Elles délimitent le possible. N'est-ce pas cela qui est piétiné quand des enfants d'hier racontent que leur frère, leur père, le prêtre ami de la famille, les a violentés, car « tout lui était permis » ? C'est de l'interdit de dévoration qu'il est question, le refus que l'autre soit un objet au service de ma jouissance et de mon pouvoir. Ce pli, alors, de la tempérance, de cette chasteté qui signifie littéralement le refus de toute conduite incestueuse, est essentiel à la construction de chacun de nous. Et ceux qui ont responsabilité d'enfance ont pour engagement impérieux de protéger les plus vulnérables. De ne jamais les manipuler.

Les vertus ainsi comprises embellissent l'existence, lui

donnant doigté et justesse, autant que faire se peut. Elles construisent la bonne pudeur, celle qui permet de pressentir le mystère de l'autre. Une « sorte de délicatesse », écrit le philosophe Vladimir Jankélévitch qui renvoie à ce qui doit rester voilé, préservé du mystère de l'autre. « Je crois que tous les sentiments ont leur pudeur et non seulement le corps mais la conscience tout entière… La pudeur est le pressentiment d'une dignité spirituelle qui est propre aux choses de l'homme et qu'on s'expose à profaner si, par sotte franchise, on en galvaude la confidence[1]. »

La pudeur vient alors se dresser contre toutes les conduites d'abus, abus d'autorité, de conscience, abus spirituels, violences sexuelles, tout ce qui ne respecte pas la dignité spirituelle de l'humain.

Tous les récits écoutés, recueillis, donnent à entendre comment l'agression sexuelle est – quand elle est commise par des membres de l'Église – sous-tendue par l'abus spirituel. Je me souviens spécialement d'une dame d'une quarantaine d'années, abusée par une religieuse alors qu'elle était interne. Elle me racontait, avec un effroi constant et tant de douleur, combien cette femme avait tissé avec elle un lien particulier fait de confidences mais aussi prétendant l'introduire à une intimité toute spéciale « avec Jésus, comme une enfant préférée ». Comment se séparer ensuite de cette emprise qui a semé la confusion, le mensonge, la honte chez la victime ? Comment pouvoir distinguer la relation ajustée ?

1. Vladimir Jankélévitch, *Traité des vertus*, t. 3 : *L'innocence et la méchanceté*, Champs Flammarion, 1992. Voir aussi Éric Fiat et Adèle Van Reeth, *La Pudeur*, Plon, 2016.

Y compris vis-à-vis de ses propres enfants ? Comment retrouver un Dieu qui met en sûreté et fait sortir du chaos ?

Sans l'interdit et sans la vertu, sans la parole vraie et sans la limite consentie, la sexualité et la puissance du désir se transforment en des armes de destruction aussi massive que profonde. Et cela alors même que cette sexualité est considérée comme belle et bonne, encore une fois y compris dans le texte biblique, comme j'ai tenté de l'esquisser plus haut.

De l'exigence de « pureté » à celle de l'éthique

Mais si l'on revient à l'histoire de l'Église, pourquoi a-t-elle peu à peu construit un discours aussi sombre sur la chair ? Le propos n'est, d'ailleurs, pas dicté à cause du mal que je peux commettre envers un autre, mais au nom du sacré, du pur et de l'impur. Un grand historien américain d'origine irlandaise, Peter Brown, dans un livre majeur[1], montre que cette argumentation s'est développée dès le IIIe siècle, au sein des communautés chrétiennes, afin que celles-ci se distinguent des autres. Son hypothèse de travail est que le surgissement de la méfiance chrétienne envers le corps est lié à la nécessité de se construire une identité. Il faut rappeler que dès le christianisme naissant, les assemblées réunissent hommes et femmes, y compris dans des cercles d'étude, ce qui est tout à fait unique. De même qu'il n'y a

1. *Le Renoncement de la chair. Virginité, célibat et continence dans le christianisme primitif*, Paris, Gallimard, 1995.

pas d'aliments impurs, on ne met pas davantage l'accent sur des marquages du corps. Peu à peu, alors, en Syrie ou en Perse, où la persécution des chrétiens était insignifiante, la continence va devenir le signe d'un corps libéré de la servitude humaine. Tel est l'enseignement d'Origène, pour qui la virginité devient la marque de son union à l'Esprit de Dieu. En ces temps, le nord de la Syrie, la Mésopotamie vont se peupler de « villages de continents ». Bien loin de là, le concile d'Elvire, au sud de l'Espagne, en 303, décrète que « tous les évêques, prêtres, diacres et tous les autres clercs qui ont des fonctions liturgiques doivent s'abstenir de leur épouse et ne pas engendrer d'enfants ».

Entre le sexe et l'autel, il y a désormais contradiction. Le christianisme se construit alors selon deux voies : le mariage et la virginité. Mais le fossé entre les deux va se creuser. Le développement du monachisme et la place des veuves dans l'Église ancienne y contribueront. Dans ce cadre demeurent une justesse et une vraie mesure dont Jean Chrysostome, évêque à la fin du IVe siècle, est une magnifique figure quand il déclare par exemple : « La plus grande des qualités est la charité, le don de l'aumône, qui parvient à un plus haut sommet de vertu que la virginité. Car sans la virginité, naturellement, il est possible de voir le Royaume, mais sans donner l'aumône, c'est impossible. » Ou encore dans cette « Hymne des dix vierges » de saint Romain le Mélode au VIe siècle : « Je renie ceux qui observent le jeûne mais qui sont sans miséricorde et j'accueille plutôt ceux qui mangent mais qui sont miséricordieux. Je hais les cœurs vierges mais inhumains et j'honore les époux s'ils sont charitables. »

C'est, pourtant, dans ces mêmes années qu'a lieu un tournant historique, selon Peter Brown, la mise en avant de « la peur de la chair », avec Ambroise de Milan. Celui-ci loue la virginité perpétuelle, le refus de tout mélange, la séparation de l'Église d'avec le siècle. La théologie d'Ambroise se diffuse durant tout le haut Moyen Âge, en se complétant de nouvelles acceptions telles la souillure de la chair, la peur exacerbée du mélange et l'exaltation de l'*integritas* : être intact, non touché. Ainsi les chrétiens se distinguent-ils du reste de la société où ils vivent, par cette frontière invisible mais ô combien puissante.

Cette histoire se croise avec celle de la pureté. Celle qu'évoque déjà le Psaume 51 quand il prie ainsi : « Lave-moi, lave-moi de ma faute, de mon péché purifie-moi » ou encore : « Ôte mon péché avec l'hysope, et je serai pur, lave-moi et je serai blanc plus que neige. » On juxtapose l'impureté et le péché, la sanctification et la pureté. Le psalmiste, le cœur broyé par le repentir et conscient de sa misère morale, supplie Dieu de le purifier et de le rénover intérieurement, afin que, la joie retrouvée, il puisse lui-même travailler à la conversion des pécheurs.

Pur et impur se retrouvent au Livre du Lévitique (V^e^, VIe siècle avant notre ère), à propos des lois de pureté[1] auxquelles sont soumis les Hébreux. Pour ces derniers, les occasions de se rendre impurs sont innombrables, de l'accouchement à certains cas d'« impuretés sexuelles ». Paraissent être déclarés impurs les choses ou les gens qui ne correspondent pas, d'une manière ou d'une autre, à

1. Chapitres 11 à 16.

l'intégrité de l'ordre des choses voulue par Dieu. Seuls sont purs les animaux qui conviennent parfaitement à leur classe, par exemple dans les airs les volatiles ailés à deux pattes ; dans les eaux, les poissons à écailles qui nagent avec des nageoires ; et sur la terre des animaux à quatre pattes qui sautent ou marchent. Tout groupe d'animaux qui ne s'accorde pas à la désignation dans son ordre est impur. Toucher des animaux impurs, vivre des conduites alimentaires impures, ou être dans un état temporaire qualifié d'impur, c'est risquer une exclusion, surtout ne pas pouvoir s'approcher du Temple. Il faudra alors des mesures, souvent rituelles, de purification et de réintégration. Le brouillage des repères crée de la peur et menace la cohérence.

Nous sommes, d'une certaine façon, renvoyés à la lecture de Genèse 1, à savoir l'impossibilité de vivre et de vivre ensemble dans le *tohu-bohu*, le chaos. Il ne faut ici jamais oublier que le grand combat du Pentateuque (les cinq premiers livres de la Bible) est l'idolâtrie car il s'agit de se tourner vers, d'aimer, d'adorer le seul vrai Dieu, unique. Et qui sème la confusion renvoie à l'idole, tel le Veau d'or adoré par les Hébreux dans leur fuite d'Égypte mais qui ne peut sauver. Qui n'est qu'une pâle image de soi-même.

Toutefois, ne nous y trompons pas. Le pur est certes, pour ces anciens, condition de sainteté[1], mais il n'est pas la sainteté, car cette dernière renvoie à une relation, celle avec Dieu, à une justesse du comportement, de la vie.

---

1. Voir Adrian Schenker, *Dictionnaire critique de théologie*, sous la direction de Jean-Yves Lacoste, Paris, PUF, 1998, 2007, art « pureté/impureté », p. 1163-1164.

Les catégories du pur et de l'impur qui seront si présentes dans une vision religieuse – mais pas seulement – de la sexualité relèvent alors de ce que Paul Ricœur nomme un « stade pré-éthique », dont la frontière est poreuse avec l'éthique. D'autant que dans ces listes d'actes impurs, nombre sont clairement immoraux (meurtre, inceste…), mettant en jeu la responsabilité de leur auteur.

On comprend ainsi que le « renoncement à la chair » dont nous parlions précédemment trouve une racine dans ces conceptions du pur et de l'impur. Le christianisme naissant se trouve tiraillé entre une véritable anthropologie de l'incarnation, du sens et du poids de la chair, et une vision « angélique », liée à la pureté.

Cette enquête sommaire peut sembler loin de notre sujet. Mais elle est un détour nécessaire pour mieux voir. Elle permet de comprendre qu'une vision souvent sombre de la sexualité, de l'exaltation de la virginité, non tant comme art d'aimer mais comme un ordre sacré, a pour origine une représentation de la souillure, de l'impureté. Non d'abord de l'engagement dans des conduites justes ; ce qui, au bout du bout, repose sur ce fond très archaïque en chacun et en toute culture, d'une sexualité toujours ambivalente.

Si nous sommes loin des catégories de l'Ancien Testament, si ses représentations ne sont plus les nôtres, croire qu'aujourd'hui, parce que nous vivons dans des temps techniques et que notre connaissance est infinie, tout serait clair serait une tragique illusion…

Mais alors, que peut dire la tradition biblique sur l'art de vivre avec son corps sexué, avec son désir, que peut-elle dire de la vérité des liens qui mettent en jeu le plus fragile de nous-mêmes qu'est justement ce corps, corps sexué, ce corps qui porte en lui la mémoire vive de tout ce qu'il a vécu, subi, précédemment ?

Un regard du côté du Nouveau Testament s'impose ici. « Ce n'est pas ce qui entre dans la bouche qui rend impur l'homme ; mais ce qui sort de sa bouche rend impur l'homme » (Mt 15, 11 ou Mc 7, 1-23). Cette seule référence dit le changement de paradigme qu'opère Jésus, et qui fait écho à la tradition prophétique.

Une seule péricope[1] – Marc 7, 1-23 dans les Évangiles – traite des questions d'impureté. Péricope difficile dans son interprétation, tant le sujet semble s'échapper sans cesse. Après avoir débattu avec les pharisiens et devant ses disciples, Jésus prend la foule à témoin (v. 14), ce qui est une façon pour l'évangéliste Marc d'universaliser le propos. La question centrale devient alors celle-ci : dire ce qui est vraiment pur et impur aux yeux de Dieu. Il y a bien une opposition intérieur-extérieur, mais c'est dans le cœur qu'elle se passe. Les lois alimentaires (Lv 11 ; Dt 14, 3-21) sont abrogées. Est ainsi supprimée la distinction entre les aliments purs et impurs et par là même une barrière socioreligieuse majeure entre Juifs et gens des nations. Ce qui fait loi désormais, c'est la pureté du cœur, qui n'est pas pure intention, vague idée, mais qui se décline à partir de la liste des vices à

1. Issu du grec et signifiant « découpage », le terme péricope désigne un extrait qui compose une unité et peut être lu séparément.

la fin du texte, la méchanceté les résumant toutes. Ainsi, la pureté véritable n'est pas rituelle mais éthique. Pour Jésus, maître juif connaissant les Écritures, le domaine de l'extériorité, de ce qui se voit, est délaissé au profit de celui de l'intériorité, de ce qui rend justes – ou non – les actions et les manières de vivre. Ce n'est pas sur une frontière qu'il faut monter la garde, mais à l'intime de soi, afin que le cœur ne s'endurcisse pas. Il n'est plus question de défense ou de contamination mais d'une sainteté, d'un ajustement de la manière de vivre, de se comporter, d'aimer.

Une rencontre[1] par ailleurs raconte une pureté subvertie. Il s'agit de celle entre Jésus et une femme impure presque de naissance, tant ses pertes de sang remontent loin. Elle est comme morte. Sa situation est longuement décrite, et s'étire sur douze ans de malheur. Elle ne cherche plus un médecin, mais un sauveur. Il suffit, pense-t-elle, qu'elle touche Jésus pour être enfin délivrée. Elle, privée de tout contact à cause de son impureté, veut toucher. Elle n'espère et ne cherche rien de plus : juste toucher le manteau de cet homme extraordinaire à ses yeux, mais aussi inatteignable au titre d'une rencontre en face à face, car elle ne s'en croit pas digne. Tout son courage et son audace sont tendus vers ce geste qui va réussir (v. 29). En hébreu, il y a un jeu de mots avec le verbe *yavesh*, qui signifie « devenir sec » mais aussi « avoir honte », car c'est une honte de devenir sec. Mais ici tout est renversé : le dessèchement supprime la honte, au lieu de la faire naître. Jésus a « senti » une force sortir de lui, aussi ; inquiète, la femme s'avance et « dit toute la vérité ». Elle raconte où se

1. Marc 5, 21 - 43.

situe le vrai, et que les disciples n'ont pas su lire puisque c'est elle qui se trouve en communion avec Jésus, sauvée par sa foi. Elle a enfreint les règles de pureté légale, et la voilà engendrée : « *thugatèr* », « ma fille », lui dit Jésus. Elle est de sa famille : celle qui écoute sa parole et la met en pratique.

Ce beau récit de la pureté subvertie rejoint le sens de cette vertu qui paraît si désuète à la plupart, la chasteté. La chasteté n'est pourtant, comme je l'ai déjà évoqué, que l'engagement de vivre des relations sexuées marquées de respect, d'altérité, d'attention. Relations sexuées ordinaires, dans la vie sociale, au travail, devant l'ampleur du harcèlement moral et sexuel. Relations sexuées intimes avec nos proches, nos enfants. Relations sexuées et sexuelles avec notre conjoint, notre compagne ou compagnon. Appelons cela d'un autre mot si cela peut nous faire retrouver cette vertu. Mais, par pitié, il s'agit bien qu'elle devienne une inclination ordinaire de la vie. Dans les agressions sexuelles commises par des membres de l'Église sur des enfants ou des personnes vulnérables, c'est bien cela qui est en jeu : le refus, le rejet, l'impossibilité de vivre selon la limite, l'écart, la non-confusion entre affection et érotisation. Combien de prédateurs, dans les familles comme dans l'Église, prétendent aimer – et peut-être qu'en un lieu d'eux-mêmes ils en ont l'illusion – en piétinant ainsi l'intime ?

Chasteté et célibat

La chasteté continente des clercs et religieux n'est pas un état sacré. Elle ne répond pas davantage à une situation supérieure à quiconque. Elle est juste une manière d'aimer, à travers le célibat. Le célibat, sans la justesse des liens, sans l'engagement en faveur des autres, ne peut être évangélique. Il n'y a pas d'état de perfection. Simplement, en fonction d'une mystérieuse alchimie entre ce que je suis, ce que je crois bon et heureux pour ma vie, il représente le choix d'un mode de vie qui rend possible d'essayer d'aimer en vérité. Comme pour tout chrétien, dans la vie qui est la sienne.

Le célibat, spécialement le célibat des prêtres, n'a pas de raison théologique déterminante. C'est une pratique attachée à la tradition de l'Église, dont on retrouve la réalité dès les premiers temps du christianisme, à côté de prêtres mariés à qui d'ailleurs il est exigé d'être « l'homme d'une seule femme ». Autrement dit, le remariage d'un prêtre veuf est interdit, de même qu'on ne peut ordonner un homme marié plusieurs fois. Cette pratique du célibat se généralise durant les XIe et XIIe siècles avec la réforme grégorienne. Le centralisme de l'Église s'accentue et les XIIe et XIIIe siècles voient naître une multitude d'ordres religieux en Occident, facteurs conjugués qui vont accroître la distance entre l'Occident et l'Orient. À cette époque, on veut distinguer clercs et laïcs et la question de la sexualité devient pour ce faire essentielle, les uns étant chastes et célibataires, tandis que les autres se marient. On commence alors à dire que les prêtres sont « mariés » avec l'Église. Peu à peu les prêtres mariés – à qui on impose d'ailleurs de s'abstenir de relations sexuelles avec leur épouse – se voient refuser de délivrer les sacrements de l'Église. Mais bien sûr cette obligation du célibat génère de nombreuses transgressions et les prêtres se voient bien souvent accusés d'hypocrisie, non sans raison.

C'est Martin Luther qui mettra cela au grand jour en affirmant que le célibat ecclésiastique n'a rien d'évangélique et court le risque de mener à des déviances car il est contre nature. En réponse, en quelque sorte, le concile de Trente, au XVIe siècle, l'impose comme discipline ecclésiastique. Si sa justification dans l'Antiquité tardive était du côté d'une valorisation de la chasteté et de la virginité comme ce qui permet d'éviter les passions qui éloignent de Dieu et d'atteindre une paix intérieure, avec le concile de Trente se trouvent quasiment confondus le mode de vie des prêtres et celui des religieux. Le célibat fait ainsi peu à peu des prêtres des hommes à part – ce qui tend à les sacraliser. Alors qu'il ne faut bien sûr pas oublier les raisons plus pragmatiques à cette discipline, à savoir sécuriser les biens de l'Église afin qu'ils ne reviennent pas à des descendants, et faciliter l'obéissance du prêtre à son évêque puisqu'il n'y a plus alors à déplacer aussi femme et enfants. Le concile Vatican II, tout en admettant l'ordination d'hommes mariés comme diacres, réaffirme la discipline de célibat ecclésiastique pour les Latins, sans que cela ait été réellement débattu, et une encyclique[1] du pape Paul VI, en 1967, réaffirme à nouveau cette loi, en en exprimant les raisons théologiques.

Mais toutes ces raisons, pour une bonne part circonstancielles, ne doivent pas faire oublier qu'il peut y avoir là un choix qui rend profondément heureux car il peut être une réelle façon d'aimer. En ce qui me concerne, je vis le célibat au sein d'une vie commune qui a pour vocation de chercher

---

1. *Sacerdotalis cælibatus*, Documentation catholique 64 (1967), c 1249-1280.

Dieu par l'étude, la prière, la vie fraternelle et qui a pour passion, pour douce fatigue d'annoncer la Bonne Nouvelle à des personnes en chair et en os. Depuis plus de trente ans, être célibataire m'a plutôt soutenue dans cette mission. Cela m'a donné une forme de liberté, d'attention je crois. La question du célibat dans une vie religieuse, ou celle d'un prêtre diocésain, est celle de la responsabilité. Car ce mode de vie donne du temps, beaucoup de temps par rapport à une vie de couple et de famille. La question alors est bien ce que je fais de ce temps, à qui est-il utile ? ouvert ? Comment m'oblige-t-il à plus de soin pour celles et ceux qui m'entourent, à une justesse des liens, de ma relation à Dieu aussi ? L'interrogation de l'usage du temps relève pour moi du sens de la chasteté bien comprise. Non comme une pureté, mais comme un ajustement à ce qui est bon, à ce qui est juste dans ma vie, pour celle de l'autre. Le seul célibat ne répond pas à ce souci. Mais il y a bien cette vertu de délicatesse, de tact, en quelque sorte, au cœur du célibat religieux.

Pour en revenir au célibat ecclésiastique, il peut être un authentique chemin évangélique, mais à condition de pouvoir y consentir vraiment, non comme une obligation imposée du dehors, en laissant s'épanouir une attention bien particulière à son rapport à la solitude. Car il est une solitude nécessaire, impérative, qui construit, refait, qui permet de se rassembler intérieurement. Y compris aux heures où elle peut être difficile, voire douloureuse à vivre. Mais il est aussi une solitude où l'humain peut se détruire, se sentant alors abandonné, délaissé, ne comptant pour personne. Le rapport à la solitude est un véritable enjeu pour chacun de nous, spécialement pour des prêtres et des religieux.

Le célibat religieux ou ecclésiastique ne saurait signifier être mis à part, mais devrait être considéré comme un mode de vie, parmi d'autres éléments comme la communauté, la relation à l'Église, etc., afin de pouvoir rendre suffisamment heureux et ouvert, à l'instar d'autres manières de vivre. Ni plus ni moins. Il est et restera un choix pour une part mystérieux. Mais n'est-ce pas le cas du choix de chacun, *in fine*, y compris quand il apparaît plus commun comme le mariage ? Qui peut dire qu'il connaît véritablement les raisons qui motivent ses choix profonds et l'orientation de son existence ? La place de notre inconscient est aussi là, comme celle également d'éléments de notre histoire. Tout cela se tisse à notre liberté.

Par ailleurs, qu'il faille poursuivre l'interrogation sur l'obligation du célibat ecclésiastique dans l'Église latine est une évidence. La finalité d'un prêtre séculier est le service de sa communauté, au nom de l'Église, pour l'annonce et le témoignage du Christ. Et non un mode de vie en soi. Mais c'est là un autre débat.

En tout cas, faire un lien direct entre célibat et abus sexuels, comme le soutiennent certains, est, de mon point de vue, fallacieux ou trop rapide. D'une part, comme nous ne le savons que trop, l'immense majorité des agressions sexuelles sont commises en famille. Par ailleurs, penser cela pourrait signifier que se marier ou vivre en couple serait comme un garde-fou. Quelle étrange considération des femmes !

Mais il reste que le célibat, tel qu'il est encore vécu et parfois exalté, peut attirer un certain nombre de candidats qui ne se présenteraient pas autrement. Il convient donc de s'interroger sur les admissions au séminaire et dans les noviciats, sur la formation humaine, sur le sens donné au célibat dans la vie du clerc de demain et sur les modes de vie des prêtres. Sur ce dernier point spécialement, un sujet d'attention, outre la solitude déjà évoquée, est l'amitié : quels sont les lieux où il est possible de « déposer les lances », selon la belle expression de Claude Lévi-Strauss ? Où est-il donc possible de déposer son rôle, son statut, son pouvoir, l'idéal de soi, ou l'idéal-pour-l'autre, pour être simplement, avec sa fatigue, ses questions, ses difficultés ? Où est-il possible, pour chacun, de parler librement, sans crainte d'être jugé, catalogué, mais aussi en étant tout aussi librement interrogé avec bienveillance et lucidité sur ses comportements, ses choix ordinaires, etc. ?

Pour conclure ce chapitre, la sexualité est pour tout un chacun une grande affaire de l'existence et un fameux mystère. Il est plus facile de dire ce qui est anormal en ce domaine, plus encore immoral ou/et criminel, il est moins facile de dire ce que serait la norme. Cet aphorisme attribué à Jacques Lacan peut nous donner de quoi méditer : « De tous les diagnostics, la normalité est le plus grave, parce qu'il est sans espoir. » La norme serait alors du côté d'une conjugaison de facteurs, et non d'une norme sociale comme la vie conjugale. Conjugaison entre la capacité à intégrer les pulsions dans une unité suffisante de la personnalité, à accéder au principe de réalité d'un autre toujours irréductible à mes fantasmes et mes projections. Conjugaison encore entre la capacité à vivre une tendresse profonde sans érotisme, comme c'est le cas dans l'affection, dans l'amour des enfants, une faculté à vivre le manque et enfin celle à reconnaître le roc de la différence des générations tout autant que celle des sexes. Une conjugaison qui ouvre alors à une suffisante liberté intérieure autant qu'à la reconnaissance de sa fragilité. L'équilibre de chacun en ce domaine n'est jamais réalisé une fois pour toutes. Il relève d'un travail constant, qui devient plus difficile lors des heures pénibles que nous traversons : deuil, perte de reconnaissance, échec important. C'est bien là que réside notre responsabilité à tous, dans cette veille et cette attention. Sans devenir pour autant une obsession. Cette responsabilité devient plus forte encore pour qui prétend donner sa vie à ceux qui sont plus fragiles, tels des enfants ou des adultes vulnérables, au nom du Dieu fait homme.

2

Agir face au crime

Les mots ont un sens et, dans ce combat plus que dans un autre, ils doivent être pesés au trébuchet. Nous avons dit, dans le premier chapitre de cette partie, combien il était essentiel de savoir nommer les choses, préciser les mots pour espérer combattre les maux. Avant d'espérer s'attaquer aux racines théologiques du mal et de proposer des réformes, il convient de définir les réponses juridiques et théologiques à apporter face à ces scandales que représentent les agressions sexuelles, les violences sexuelles sur les enfants et les personnes vulnérables.

Arrêtons-nous sur la sémantique qui joue un grand rôle dans cette affaire. L'impuissance de l'Église en la matière tient aussi au fait qu'elle confond souvent les registres. En effet, concernant les drames qui nous occupent dans ces pages, l'Église parle de péché. On peut et doit le comprendre, c'est là une notion très importante dans le christianisme, et je vais longuement en parler dans un instant, mais il s'agit d'une notion théologique. Alors que l'Église doit dire, comme toute la société, que ces actes sont des crimes ;

qu'ils soient commis par un religieux, un entraîneur sportif ou un oncle, il s'agit de crime.

Le pape François déclarait d'ailleurs à l'occasion de ses vœux au corps diplomatique, le 7 janvier 2019, que les abus sexuels sur mineurs sont « l'un des crimes les plus vils et les plus néfastes possible ». Ces abus « balaient inexorablement le meilleur de ce que la vie humaine réserve à un innocent, en causant des dégâts irréparables pour le reste de l'existence », souligne le souverain pontife. « Le Saint-Siège et l'Église tout entière s'engagent à combattre et à prévenir de tels délits et leur dissimulation, pour établir la vérité des faits dans lesquels sont impliqués des ecclésiastiques et pour rendre justice aux mineurs qui ont subi des violences sexuelles, aggravées par des abus de pouvoir et de conscience », ajoute-t-il.

C'est donc bien avant tout de cette conscience-là qu'il est question : la conscience qu'il s'agit de crimes pour la vie et l'avenir de ces enfants et de ces jeunes. Utiliser ces mots est fondamental pour ne pas édulcorer une fois encore la réalité de la violence infligée et pour en mesurer – un tant soit peu – les répercussions sur la longueur de la vie. C'est d'autant plus important que nombre dans l'Église et ailleurs ont longtemps considéré qu'il s'agissait là d'une maladie et qu'il convenait alors de soigner ces hommes et non de les juger. Que les auteurs doivent être pris en charge, médicalement parlant, c'est une obligation morale et pour eux – car ils sont et restent de la même humanité que chacun – et pour la protection de la société. Mais cela n'empêche pas qu'ils ont bien commis des crimes et doivent être à ce titre poursuivis. Et que dire alors du silence de l'Église ? Le considérer comme une maladie

– au nom du contexte ou de sa culture du secret – qui dédouanerait son auteur de sa responsabilité serait intolérable…

C'est d'ailleurs bien pour cela qu'il nous faut bannir une fois pour toutes le terme de pédophilie. Il s'agit de pédocriminalité, de crime sur les enfants, qui vient nier leur humanité, leur dignité, leur intégrité.

Parler de crime, c'est dire aussi, avec tant de gravité, que la victime est au bord de la mort. Et comment nier cela alors que les études montrent que les personnes qui ont subi des agressions sexuelles dans leur enfance courent deux fois plus de risque de suicide et que des travaux indiquent que les maltraitances laissent une empreinte chimique dans le cerveau, handicap qui a pour conséquence de diminuer la régulation face au stress. Nommer les choses par leur nom rappelle que le rapport au temps pour la victime est très particulier et doit être pris en compte et par la justice et par l'Église pour sa part. En effet, pour l'enfant d'hier, le temps est une urgence car justement c'est une question de vie et de mort. Être en danger de mort ne peut attendre, ne peut être différé, sous peine de mourir. Comment alors ne pas comprendre l'urgence où sont les victimes ? S'il faut du temps, et du temps long, pour réformer l'Église, pour changer les mœurs, pour faire le vrai, les décisions, elles, ne peuvent plus attendre.

Le péché et le crime

Revenons maintenant à la compréhension théologique du péché, afin de montrer qu'elle ne peut être en aucun cas une relativisation du crime.

En matière de foi, le péché est ce qui agit contre l'autre et par là même contre Dieu. Parce qu'il nuit à la relation à l'autre, il distend la relation à Dieu. Il est une voie tortueuse qui fait chuter. Par son mensonge, sa perversion, sa violence, sa convoitise, l'homme pécheur détruit l'autre qui, pourtant, est son frère, sa sœur, son semblable. Le péché a toujours à voir avec l'éthique. En hébreu, le péché ne revêt pas le caractère théorique et abstrait qu'il peut exprimer en français. Il désigne des réalités concrètes comme attenter aux droits des étrangers, des pauvres ou des orphelins. Il évoque encore l'homme qui s'est égaré hors de lui-même, de son humanité et de sa vérité par un cœur tortueux et un esprit dévoyé. Le pécheur est l'homme qui lèse la relation au Dieu d'Israël, au Dieu de l'Alliance, par ses comportements qui font violence aux autres, à commencer par les plus vulnérables, les plus fragiles. Écoutons ces seules paroles du prophète Amos, pour comprendre la force des propos : [Malheur à ceux qui] « changent le droit en poison et jettent à terre la justice [...], ils haïssent celui qui rappelle à l'ordre le tribunal, celui qui prend la parole avec intégrité, ils l'abominent. Eh bien puisque vous pressurez l'indigent, lui saisissant sa part de grain, ces maisons en pierre de taille que vous avez bâties, vous n'y résiderez plus... » (Am 5, 7-11). C'est ce mal faire, ce faire du mal, qui est alors aussi un mal vivre, un vivre mal devant Dieu car il atteint, pour le croyant, sa relation à Dieu. Le péché est une atteinte aux droits fondamentaux et vitaux d'autrui et comme tel il va contre Dieu. C'est ainsi qu'il doit être dénoncé avec vigueur.

Mais pour en arriver à cette compréhension, un long voyage de la conscience et de la responsabilité est déjà nécessaire. Aussi pour avancer, il convient de « remonter le courant », en quelque sorte. Car avant de pouvoir entrer dans cette conception du péché comme une atteinte grave à autrui, c'est de façon plus archaïque un sentiment non éthique qui domine et qui rejoint ce que j'évoquais au chapitre précédent à propos de la sexualité sur la pureté. Ce sentiment est celui de la souillure. « La crainte de l'impur et les rites de purification sont à l'arrière-plan de tous nos sentiments et de tous nos comportements relatifs à la faute[1]. » Dans cette étape, le « mal faire » n'est pas clairement séparé du « mal-être » telles la maladie et la mort. La punition retombe sur l'homme en mal-être et transforme toute souffrance possible, toute maladie, toute mort, tout échec en souillure, et cela touche d'abord ce qui a trait aux comportements sexuels. Car la sexualité rend quasi matérielle la souillure par les images de contagion, de contamination et d'impureté du sang. C'est donc bien tout un travail de la conscience humaine, personnelle comme collective, qui va faire passer de cet archaïsme – qui subsiste toujours pour une part en nous – à la reconnaissance du mal commis. Et donc aussi d'une culpabilité liée à la souillure à une responsabilité liée à la faute. On comprend alors que tant et tant de personnes victimes se sentent souillées, et par là même coupables. Alors que ce sont bien les auteurs, leurs bourreaux, qui devraient se voir déshumanisés par les actes qu'ils ont commis, d'avoir violenté,

1. Paul Ricœur, *Philosophie de la volonté. Tome II : Finitude et culpabilité*, Livre II : « La symbolique du mal », Paris, Aubier, 1960, 1988..

ravagé des histoires, des corps, des confiances. N'oublions pas non plus que la culpabilité n'est pas par elle-même éthique de prime abord. Les travaux de la psychanalyse nous l'ont amplement appris. Le point de départ de la culpabilité est psychique, dans une peur d'être abandonné, indigne d'être aimé. Autrement dit coupable. Chacun peut en être le témoin, quand par exemple il voit un enfant qui se sent coupable de la séparation de ses parents, ou de la mort d'un proche.

Mais la culture et l'éducation font passer la culpabilité dans le registre éthique, signe de la conscience morale, dans la façon de se sentir coupable d'un mal que l'on a réellement fait. Et non d'une impuissance à bien faire, à terrasser un mal, comme celui de la mort des êtres qui nous sont chers. Seuls des êtres pervers ou psychopathes pour qui l'autre n'est qu'un objet n'éprouvent aucune culpabilité.

« Je ne comprends rien à ce que je fais : ce que je veux, je ne le fais pas, mais ce que je hais, je le fais. Or, si ce que je ne veux pas je le fais, je suis d'accord avec la loi et reconnais qu'elle est bonne ; ce n'est donc pas moi qui agis ainsi, mais le péché qui habite en moi. Car je sais qu'en moi le bien n'habite pas : vouloir le bien est à ma portée, mais non pas de l'accomplir, puisque le bien que je veux, je ne le fais pas et le mal que je ne veux pas, je le fais » (Rm 7, 15-20).

Il y a un passage – qui peut aussi être un brouillage – entre sentiment de culpabilité et vie morale, entre culpabilité et responsabilité, dans une liberté mêlée de « servitudes », de conditionnements. La conscience morale nécessite de pouvoir avant tout se référer à une loi extérieure, objective, imposée par la parole d'un universel de la dignité humaine. Une loi immémoriale, dirait Emmanuel Levinas. Une loi venue d'avant moi, tel l'interdit de l'inceste, l'interdit de la toute-puissance sur l'autre, l'interdit de dévoration et qui devient mienne, partie prenante de ma conduite, de mes repères. Je ne suis pas la mesure de la loi. La confrontation avec la loi empêche les régressions comme les enfermements névrotiques du moi. Elle me remet dans ma condition d'humanité, liée à la responsabilité et à la limite. Je ne peux pas tout. Et je ne suis pas le tout.

C'est donc tout ce labeur que doit permettre une juste compréhension du péché pour être entendue dans sa gravité dans la pensée chrétienne, qui ne sépare pas ce qui abîme l'humain et atteint Dieu, l'éthique et le spirituel. Découvrant le don de Dieu, le croyant est invité à l'accueillir. Un accueil qui convoque à se convertir, à se situer sous la Parole de Dieu, à ne jamais se faire son propre juge du bien, moins encore sa propre loi.

Le péché est ainsi tentative d'être à soi-même sa fin, sa mesure, il est refus de tenir sa vie d'autres que soi : une filiation, une culture, un pays et ses lois, une autre parole que la sienne… Il est non-acceptation de la finitude, déni de la mort, refus des limites humaines, refus de l'authentique fraternité. Au bout du compte, il est essentiellement idolâtrie : la quête d'un pouvoir, d'une image, d'un bien que l'homme aurait à sa disposition et qui lui procurerait une pseudo-toute-puissance. Tel que peut le devenir, quand il est dévoyé, le rapport à l'argent, ou au pouvoir ou encore au sexe. C'est bien souvent ainsi que se vit l'auteur d'agressions sexuelles sur mineurs et personnes vulnérables – comme tout-puissant. Tout-puissant au moins là justement, quand par ailleurs il est marqué par une grande fragilité et une immaturité.

Alors, oui, le clerc pédocriminel est pécheur. Il l'est, car son engagement, longuement mûri durant les années de formation, à suivre le Christ, à vivre selon un art de vivre fait de respect, d'attention, de don, ne peut que renforcer sa responsabilité quand il se livre à des conduites indignes et ignobles avec des enfants ou des adolescents. Nos actes sont toujours marqués par notre histoire, et celle-ci peut être terriblement lourde à porter, pour des religieux comme pour chacune et chacun. Mais cela ne pourra excuser – au sens éthique comme au sens juridique – la réalité de la responsabilité. Soutenir que la responsabilité n'est pas sûre voudrait dire que cet homme n'était pas capable d'engager sa parole le jour de son ordination ou de ses vœux. Ce qui signifierait que l'Église qui l'a accompagné durant de nombreuses années – au moins les sept à dix ans que dure la formation – a été sourde durant toute cette période... La formation chrétienne est faite de prière, d'intériorité, d'apprentissage d'une capacité à discerner, à juger ce qui convient, d'ouverture du cœur et de labeur de la raison. Comment penser alors que la conscience pourrait être à ce point troublée par rapport au mal commis ? Si comme pour tout auteur d'acte grave, des circonstances peuvent être invoquées qui, pour certaines, atténuent sa responsabilité, il ne paraît pas admissible d'imaginer qu'elle pourrait la supprimer, sauf bien sûr en de rares exceptions.

Mais il y a deux difficultés à ce langage du péché, pourtant juste théologiquement, concernant notre question.

La première est que nombre de comportements, surtout liés à la sexualité dans la tradition catholique, sont considérés comme des péchés : les relations homosexuelles, les relations hors mariage, la contraception… On voit alors où se tient le problème : dans un risque de nivellement de l'ensemble des « péchés », comme si un crime qu'est un viol d'enfant était de même nature que des relations préconjugales ou l'usage d'un contraceptif ! Il y a un grave danger à ne pas considérer les choses pour ce qu'elles sont dans le réel, d'édulcorer la violence du mal, du crime, en la qualifiant de péché au même titre que des situations qui pourtant n'ont rien à voir, qui n'atteignent pas à l'intégrité de l'autre et relèvent d'une liberté responsable. L'usage, ainsi, de la seule catégorie de péché peut véritablement et paradoxalement s'avérer désastreuse pour faire face à la réalité de ce mal commis, de ce mensonge, de cette violence aux conséquences insondables.

La juste place du pardon

Mais il est une autre difficulté à l'usage trop rapide du péché pour catégoriser la pédocriminalité. Car dans la tradition biblique, dans la vie chrétienne, le péché ne peut se penser sans la miséricorde et le pardon. Car le Dieu de Jésus-Christ est un Dieu qui pardonne, qui relève, qui ne saurait garder rigueur du mal car il est le Dieu du salut, dont le cœur est toujours plus grand et large que le cœur du pécheur. Pour qu'advienne ce salut, l'homme pécheur doit reconnaître son péché et s'en repentir. Alors sa foi vient le tirer vers l'avenir, lui rendre la vie en quelque sorte. Magnifique pensée et sur l'humain qui n'est jamais enfermé dans le mal que pourtant il a fait, et sur un Dieu qui n'est pas le comptable de nos fautes mais bien le Seigneur des vivants qui désire que vivent ceux qui se tournent vers la vérité. La théologie du pardon est une doctrine pleine d'espérance, pour tout un chacun. Mais, trop vite plaquée sur l'agression sexuelle, sur l'abus de conscience et de confiance, elle peut mener à une banalisation, une minimisation du mal et de ses répercussions, car si tout homme est pécheur pour la tradition chrétienne, il est alors pécheur pardonné. Pardonné, au nom de la signification de la Croix du Christ, lui qui consent à mourir sur ce bois destiné aux esclaves, aux hommes de rien, et par là prend avec lui tout ce qui nous sépare de Dieu. Cette pensée de la Croix est fondamentale dans ma vie, elle me sauve du désespoir. Mais elle devient un contresens quand elle est plaquée sans nuance, sans distance. Tragiquement, cette théologie du pardon, de la miséricorde, faite pour relever tous ceux qui peinent et doutent, devient alors un blanc-seing pour l'agresseur. Comme si comptait d'abord une conversion intérieure, ou la prière. Alors que ce qui prime par-dessus tout est que la vérité et la justice passent. Que la reconnaissance de l'ampleur du mal commis sur une victime se fasse et soit suivie d'actions, donc de réparation. Le possible repentir de l'agresseur a son importance bien sûr pour l'Église ; car c'est un pas indispensable pour espérer qu'il change sa vie, aidé par des professionnels et les moyens indispensables. Mais il ne faut pas tout mélanger. Car la tendresse de Dieu, le sens de la Croix, sont d'abord du côté de la victime, signifiant qu'en son malheur le Dieu à visage humain se tient au plus près d'elle. Même si nous le souhaiterions tant, il ne la sauve pas de la souffrance et du drame, mais la foi affirme qu'il la sauve, en rejoignant en ce lieu désolé l'enfant fracassé qu'est l'adulte d'aujourd'hui. Alors la confession de foi de ce qu'est le cœur de Dieu dans la tradition biblique, un cœur ouvert à la détresse, aurait dû mener l'Église a une conscience aiguë de la responsabilité dramatique portée par l'auteur, et qu'elle porte aussi quand elle s'est tue si longtemps par peur du qu'en-dira-t-on, par complaisance, par édulcoration du réel du mal subi par les victimes.

Ainsi, la pierre angulaire de la foi chrétienne, un Dieu qui sauve plus qu'il ne juge, un Dieu proche et non maître de doctrine, s'est trop souvent retournée contre les plus vulnérables, au profit des auteurs du crime, ou de l'Église elle-même. Comment les victimes pourraient-elles alors croire encore en ce Dieu-là, dans cette Église, quand c'est elle d'une manière ou d'une autre qui a engendré cette coupable confusion d'une miséricorde qui se soucie d'abord du clerc, et d'un pardon que devrait effectuer la victime.

Le mal collectif et la désinvolture

Si un adulte est bien fautif du mal subi par un enfant, nommément, il y a aussi un « péché collectif », une « structure de péché », écrivait Jean-Paul II, qui a participé de l'étendue du mal commis, de sa durée dans le temps, de l'impunité des auteurs, leur permettant non seulement de vivre comme si de rien n'était mais trop souvent de réitérer leur méfait. Mal collectif de l'institution ecclésiale, incluant parfois les fidèles catholiques qui se doutaient, entendaient dire, mais n'osaient pas, ne voulaient pas agir. Qui ne pouvaient croire en quelque sorte que pareille chose était vraie et pouvait arriver. Rappelons ce qu'écrit Isabelle de Gaulmyn[1] à propos du père Preynat à Lyon : « Une remarque, attrapée au vol, après que l'affaire eut éclaté, d'une dame de Sainte-Foy, qui avait ses enfants à Saint-Luc, me revient en mémoire : *On savait bien qu'il tripotait un peu les garçons, et alors ?* Et alors ? Justement, et alors... ». « Le poids de culpabilité écrase la vieille dame. *C'est affreux ce que mes gamins ont dû subir. Mon second avait pourtant essayé de me le dire.* Le souvenir est revenu dans sa mémoire de mère, son refus de retourner aux scouts... » Ou encore cette confidence, d'un prêtre cette fois : « *Preynat, il pelotait les gamins, on le savait tous.* Cet aveu, depuis 2016, d'un vieux prêtre de Lyon, me glace. D'abord par la manière. Comme si ce n'était pas grave, comme si cela faisait partie de l'ordre des choses. “Il pelotait” : une expression vulgaire, condescendante, qui en dit long sur la façon dont une partie des prêtres restent sous-informés de la gravité de la pédophilie ».

Ce péché collectif nous amène à nous interroger sur cet autre combat à mener face au crime : la lutte contre les désinvoltures. Celle des mots, celle des relations et des

1. *Histoire d'un silence*, Seuil, 2016.

conduites. Particulièrement les relations asymétriques parents-enfants, éducateurs-enfants, etc. Combattre le désinvolte car il est porteur de possible tragédie en ne prenant pas au sérieux la gravité du lien, sa place, et en en prenant à son aise avec la vérité. L'étymologie apprend que le terme vient de l'italien *desinvolto* qui signifie développer, dégager. Littéralement, la dés-involture serait l'action de dégager. Opter pour la désinvolture, c'est se dégager de devoir répondre de soi, de ses jugements et de ses conduites devant le vrai. C'est refuser d'être auteur de son existence et de ses actes. Auteur et ainsi même responsable. Il y a une antinomie complète entre la désinvolture et la situation d'autorité, parentale, ecclésiale, professionnelle. Car l'exercice de l'autorité implique la décision d'être auteur et acteur. La désinvolture de personnes ayant autorité est ainsi une trahison de soi, elle ressemble à un ressentiment, déclarant alors que tout se vaut ou que rien n'est grave. Sans doute pour ne pas regarder sa propre gravité. La désinvolture est un mensonge et un déni : déni de la valeur, du sens, de la souffrance et du malheur ; bref de la vérité. La tautologie est bien souvent le grand argument des désinvoltes. « Le passé, c'est le passé », « demain sera un autre jour ». Combien de fois n'ai-je pas entendu cela de la part de gens d'Église – et d'autres d'ailleurs. « Il faut maintenant passer à autre chose. » Façon trop souvent de récuser la gravité, de ne pas être obligé à la responsabilité et à la vérité. Bref, la désinvolture est une bonne conscience, ce sentiment de celui qui estime en avoir assez fait, être quitte. Mais en pareil domaine, nul ne sera jamais quitte.

Ainsi, agir face au crime, c'est bien se battre contre toutes formes de désinvolture, et spécialement celle des sachants, de ceux et celles qui, confusément ou expressément, savent ce qu'il en est du mal commis. Elle est comme un vaste « délit d'initiés » qui protège les abuseurs en tout genre, au lieu de mettre toute son énergie, son intelligence, sa volonté, sa foi, au service de la protection des enfants et des jeunes.

La « banalité du mal »

Elle fait aussi le lit d'une autre faute, qui peut se qualifier par l'expression de « la banalité du mal », définie par Hannah Arendt dénonçant ainsi l'engagement du fonctionnaire Eichmann dans la machine nazie. Ne nous risquons pas à des analogies historiques qui seraient douteuses. Mais entendons ce qu'elle nous dit pour démanteler ce qui est à l'œuvre dans la couverture de ces crimes par l'institution. « C'est dans le vide de la pensée que s'inscrit le mal[1]. » Cette affirmation de la philosophe juive allemande – qui a pu fuir de justesse en 1933 pour se rendre en France puis est parvenue en 1941 à rejoindre les États-Unis – cette affirmation donc ne cesse de me poursuivre depuis bien longtemps car il est des heures où tout ce que l'on croit savoir, ce pour quoi on a passé de nombreuses années d'étude, paraît tel un fétu de paille. Alors revient peut-être l'essentiel, et là il y a la pensée d'Hannah Arendt. Ce « vide de la pensée » renvoie à ce qu'elle décrira ensuite comme « la banalité du mal », lors du procès d'Eichmann à Jérusalem, en 1961, qu'elle suit

1. *Les Origines du totalitarisme. Tome 3 : Le Système totalitaire* – 1951, P. Bouretz (dir.), Gallimard, « Quarto », 2002.

comme envoyée spéciale pour le journal américain *The New Yorker*. Un concept qu'elle forge à partir d'un autre, celui de « mal radical » qu'elle emprunte à Emmanuel Kant chez qui il renvoie à la perversion de la volonté. Mais pour Hannah Arendt, il ne s'agit pas alors de qualifier le caractère psychologique des individus, mais de faire une description de la dissolution du monde commun, dans ce contexte du monde totalitaire. L'épithète « radical » vient ainsi illustrer ce caractère total d'un mal qui vise à l'éradication de l'humanité de l'homme. Ce qu'elle écrit d'ailleurs à ce propos sur la désolation n'est pas sans faire écho à ce que peuvent ressentir des victimes d'agressions sexuelles alors qu'elles étaient enfants. « Ce qui rend la désolation si intolérable, c'est la perte du moi, qui, s'il peut prendre réalité dans la solitude, ne peut toutefois être confirmé dans son identité que par la présence confiante et digne de foi de mes égaux. Dans cette situation, l'homme perd la foi qu'il a en lui-même comme partenaire de ses pensées et cette élémentaire confiance dans le monde, nécessaire à toute expérience. Le moi et le monde, la faculté de penser et d'éprouver sont perdus en même temps[1]. » C'est en approfondissant cette réflexion sur le phénomène totalitaire et à la suite du procès d'Eichmann qu'Arendt en arrive à la notion de vacuité de la pensée et au concept de « banalité du mal ». « À l'heure actuelle, mon avis est que le mal n'est jamais "radical", qu'il est seulement extrême, et qu'il ne possède ni profondeur ni dimension démoniaque. Il peut tout envahir et ravager le monde entier précisément

1. *Le Système totalitaire*, Paris, Seuil, « Points politique », 1972, p. 229.

parce qu'il se propage comme un champignon. Il "défie la pensée", comme je l'ai dit, parce que la pensée essaie d'atteindre à la profondeur, de toucher aux racines, et du moment qu'elle s'occupe du mal, elle est frustrée parce qu'elle ne trouve rien. C'est là sa "banalité". Seul le bien a de la profondeur et peut être radical[1]. » Le mal banal est plus terrifiant que la perversion ou le démoniaque, car il dit la désaffection de qui le commet : sans affect, sans capacité à se mettre à la place de l'autre. Ce que Arendt nommera ailleurs « l'absence d'imagination », l'imagination étant l'aptitude à se mettre à la place d'autrui. Et c'est bien là une manière de refuser toute implication personnelle. Ainsi, la « banalité du mal » ne réduit en rien la responsabilité du criminel. Elle se caractérise par le fait de ne pas être affecté par ce que l'on fait et le refus de juger et de distinguer le bien du mal.

La bonne nouvelle, si j'ose dire, d'une telle formulation, est qu'elle évite toute fascination pour le criminel. Il devient un homme banal. Ainsi, si le mal est radical par la violence qu'il impose, il est banal quant à son auteur sans profondeur, et alors il peut être combattu ! Là doit être, de façon impérative et déterminée, l'engagement de toute l'Église aujourd'hui. Comme d'ailleurs de la société face à ces mêmes crimes, où qu'ils soient commis, y compris en famille. Une Église qui, pour reprendre une dernière expression arendtienne, peut s'appuyer sur l'*amor mundi*, expression empruntée cette fois à Augustin, et que nous pouvons traduire dans la pensée de la philosophe comme *le*

1. *Les Origines du totalitarisme. Eichmann à Jérusalem*, P. Bouretz (dir.), Paris, Gallimard, « Quarto », 2002, p. 1358.

souci du monde commun[1]. L'Église fait profession, en quelque sorte, de souci du monde commun, se préoccupant de tout temps du sort des plus vulnérables, faisant ici preuve d'imagination, d'audace, d'engagements multiséculaires. C'est alors le moment pour elle – bien tardivement pourtant – d'être fidèle à son histoire pour porter haut le souci du monde commun. Monde des victimes et de leurs proches. Monde de la nécessaire sécurité des plus fragiles, monde de la justesse des liens, des affections, des amours.

Quel « Père » ?

Un autre mal à combattre, ô combien, est l'atteinte à Dieu lui-même, à l'image pervertie que ces hommes, dits « de Dieu », en ont donnée, insinuée. Comment en effet, pour les enfants d'hier qui furent leur proie, croire encore en un Dieu réellement bon ? un Dieu proche, lui qui est apparu absent lors du drame ? un Dieu qui veut du bien alors que celui qui se réclame de lui commit une telle ignominie et parfois même en s'en prévalant ? Comment reconnaître l'Église comme fiable ? Approcher sans crainte ni confusion de la table eucharistique ? Comment prier le Père, quand le père proposé par l'Église a quitté sa juste place au nom d'une toute-puissance, a semé la confusion par ses mensonges, comme l'antique serpent de Genèse 3… ? Tous ces

1. Voir Hannah Arendt, *La Vie de l'esprit. 1 La pensée. 2 Le vouloir*, trad. L. Lotringer, Paris, PUF, « Philosophie d'aujourd'hui », 1981, 1983.

éléments, si douloureux pour les victimes, leur demandent un très long parcours de retour vers la vie qui se tient en Dieu. Cela impose un lent et douloureux travail pour se réapproprier les Écritures, les sacrements, la vie de l'Église… pour ne plus avoir peur. Comment faire à nouveau confiance après que des hommes ont manipulé, tordu l'adage augustinien « aime et fais ce que tu veux[1] » ? Car non justement, on ne peut faire ce que l'on veut, sous le prétexte qu'on croit – ou dit – aimer… « Ce que tu veux » se rapporte à ce qu'il est juste d'accomplir, ce qui convient, ce qui est bon. La référence d'Augustin est le Christ qui aime et va au bout de cet amour, en faveur de ses amis. Autrement dit, le juste amour ne bannit pas la Loi, il ne va jamais à l'encontre de la liberté et de la dignité de l'autre. Tout au contraire. Il n'est pas du côté de la toute-puissance mais de ce qui va servir la liberté et la croissance de l'autre.

Une des particularités dramatiques des agressions commises par des clercs est ainsi la trahison de la foi de l'enfant ou du jeune. La référence à Dieu est un tragique facilitateur d'emprise et d'abus. Un Dieu dont le prédateur prétend être le médiateur, le connaisseur, l'intime même, sachant non seulement où se situe le bien pour l'autre, mais pis encore,

---

1. *Homélies sur la première épître de saint Jean* VII, 7-8 BA 76, p. 303-305 : « Ainsi voilà une fois pour toutes le court précepte qu'on te dicte : « Aime et fais ce que tu veux ! » [*dilige et quod vis fac !*] Si tu te tais, tu te tais par amour ; si tu cries, tu cries par amour ; si tu corriges, tu corriges par amour ; si tu épargnes, tu épargnes par amour. Qu'au-dedans se trouve la racine de la charité. De cette racine rien ne peut sortir que de bon. »

ce que Dieu attend de cet enfant, de cette personne vulnérable. Ces crimes viennent vriller jusqu'au plus intime du cœur et de l'âme, là où se tenaient la foi et la confiance en Dieu, « raptées » par l'agresseur. Responsabilité illimitée alors que celle de l'Église devant ce que Marc Belhassen, psychanalyste, appelle « un meurtre d'âme [...] détruisant la croyance en tout ce qu'il peut y avoir de bon dans l'humain et plus spécifiquement dans l'homme[1] ».

C'est une bonne partie de notre théologie qu'il faut reprendre. Nous devons à nouveau réfléchir sur la conception de la paternité de Dieu, le sens des sacrements et spécialement de la place du célébrant, la question de l'Église mère, ou encore de la miséricorde dont nous avons précédemment parlé. Ce labeur théologique est long et par définition lent car il doit être effectué avec rigueur. Mais il faut pourtant entreprendre ce chantier. Et le faire en compagnie des victimes qui le souhaitent, car c'est de leur foi, de notre foi commune, qu'il s'agit.

Je ne prendrai ici que l'un ou l'autre thème, spécialement à partir de la Bible, pour rendre compte qu'il y a là matière à penser et à nous réformer. Comment sa lecture peut remettre « le monde à l'endroit », là où il a été défait par ces violences.

Tout d'abord, au milieu des dix paroles du Décalogue[2] – ce texte trop longtemps nommé « les dix

1. *Les Traumatismes de l'enfance*, Le Pommier, 2011, p. 116.

2. Deux versions cohabitent dans la Bible : Exode 20, 1-18 et Deutéronome – texte plus tardif – 5, 1-22.

commandements » – la cinquième est celle-ci : « Honore ton père et ta mère ainsi que le Seigneur te l'a ordonné, afin que tu sois heureux... » Il faut commencer par déplier cette parole. Le texte ne dit pas « tu aimeras ton père et ta mère » et pas davantage « obéis à ton père », car c'est à Dieu seul que l'on obéit dans la Bible. Honorer, en hébreux, c'est peser, accorder du prix, du crédit à ceux qui transmettent le trésor qu'est la vie, qu'est la foi aussi. Pour ce faire, il est indispensable que l'enfant puisse suffisamment s'appuyer sur eux, compter sur eux. Il est donc vital qu'ils soient fiables, à leur place de parents, d'éducateurs, d'adultes. Tout adulte a des fragilités, des lacunes, des failles. Là n'est pas le problème tant qu'elles ne sont pas un obstacle à l'art d'aimer et de grandir, du moment qu'il est vraiment possible de s'appuyer sur cet adulte de façon sûre, de se sentir épaulé. Pour pouvoir honorer père et mère, c'est donc bien l'interdit de l'inceste – présent explicitement par exemple au chapitre 18 du Livre du Lévitique – qui doit être en vigueur afin que les adultes soient à leur juste place. Deux choses alors sont suggérées à partir de ce texte : l'interdit de l'incestueux et de l'incestuel est l'obligation éthique que la relation à l'adulte qui transmet promeuve la liberté, le discernement, et ainsi la possibilité de donner du poids. Sans oublier que ce qui fonde le texte du Décalogue est sa première parole : « Je suis le Seigneur ton Dieu qui t'ai fait sortir du pays d'Égypte, d'une maison d'esclavage. » Ainsi, l'autorité de Dieu vient de ce qu'il a libéré son peuple, qu'il est un Dieu qui sauve. Et non une autorité arbitraire, au nom simplement du pouvoir occupé. Voilà qui devrait interroger sur notre manière de vivre :

notre autorité est-elle fondée sur une libération ? Sur la croissance dans la liberté de l'autre ? À nos mesures bien sûr. Ainsi, un clerc qui use de sa puissance contre un enfant ou un jeune est un menteur par rapport à ce qui a fondé son autorité. Témoin de l'autorité de Dieu, il ne peut être du côté de ceux qui emprisonnent. On voit ainsi combien la culture biblique, théologique, catéchétique est essentielle et peut promouvoir la vigilance à l'égard de qui abuse de son pouvoir et de sa place.

L'envie

Dans ces mêmes dix Paroles, la dernière retient aussi l'attention, nous en parlions déjà dans le chapitre précédent : « Tu ne convoiteras pas la maison de ton prochain ; tu ne convoiteras pas la femme de ton prochain, ni son serviteur, ni sa servante, ni son bœuf, ni son âne : rien de ce qui lui appartient » (Ex 20, 17). L'interdit de la convoitise est une question omniprésente dans la Bible, de la Genèse à la fin du Nouveau Testament ; la convoitise est un moteur de la violence à l'œuvre dans le peuple, particulièrement chez les puissants. Dans le Nouveau Testament, elle habite ceux qui vont combattre Jésus, comme ces grands prêtres qui voient en lui un rival autant qu'un imposteur. Dans le Décalogue, « tu ne convoiteras pas » pourrait se traduire littéralement par « tu ne loucheras pas ». « Tu ne loucheras pas sur la femme de ton prochain, et tout ce qui est à lui. » Loucher, c'est surdéterminer, idéaliser, mal évaluer et donc se tromper sur l'objet convoité. Aussi la convoitise, l'envie, ne s'arrêtent-elles jamais puisqu'elles ne peuvent rencontrer leur objet. Quand elle croit le saisir, il s'est déjà évanoui, alors l'envie se reporte-t-elle sur un autre, et ainsi de suite… La convoitise est un moteur de destruction sans fin qui nous met en porte-à-faux permanent avec nous-mêmes. Dans la Bible, c'est à cause d'elle que le roi David va tuer son plus fidèle soldat, Uri, afin de prendre sa femme qu'il « convoitait » (2 S 11), car David voulait non seulement Bethsabée, mais tout. « Le vrai désir de David n'est pas le désir de Bethsabée, c'est le désir de tout. Or le désir de tout s'appuie sur la construction imaginaire d'un dieu "tout ayant", auquel, dans l'instant du péché intérieur, je projette de m'égaler[1]. » Un autre récit biblique est une parabole de nos propres histoires d'envie, de refus d'altérité, du travail de la limite au cœur du désir. C'est celle du roi de Samarie, Achab, au premier Livre des Rois, 21. Pour prendre une simple vigne que son propriétaire lui refusait car c'était « la vigne de ses pères », ce qui lui rappelait qu'il s'inscrivait dans une filiation, le roi le fait tuer, alors qu'il est maître de tout le pays. Pour ce faire, il laisse organiser un faux témoignage, il le scelle par une déposition mensongère dans l'assemblée sainte et laisse Naboth être lapidé. Toutes les histoires d'emprise, d'abus, sont contenues dans ce meurtre qui signe l'impossibilité, le refus de consentir à son humanité, à sa condition de finitude, d'incomplétude. L'interdit de l'envie, de la convoitise porte en toile de fond une promesse : celle que tout un chacun peut vivre avec la limite,

1. Paul Beauchamp, *La Loi de Dieu. D'une Montagne à l'autre*, Seuil, 1999, p. 45-46.

avec l'acceptation de ne pas posséder autrui, à commencer par son plus proche. La convoitise veut se saisir de l'autre et elle est alors l'envers du désir, car ce dernier implique l'acceptation de la temporalité, du manque, de l'attente et du labeur. Là où l'envie entend dévorer, mettre la main sur, le désir, lui, entre dans l'histoire d'un lien, d'une relation d'apprivoisement, de croissance et de travail. Il entre en voyage et offre à l'autre le temps dont il a besoin pour grandir, quitter, aimer…

Vivre avec attention au creux de notre condition finie est peut-être le vrai rempart contre la convoitise. Car dans le texte du Décalogue la première parole donne à nouveau la clé : qu'est-ce qui a motivé Dieu pour libérer son peuple ? Nul mérite, rien d'autre que son alliance et son amour. Si ces hommes peuvent vivre dans la condition d'un petit peuple, pas meilleur qu'un autre, c'est parce qu'il est aimé d'un amour inégalé. Combattre la convoitise en nous et chez l'autre, c'est alors aussi estimer, reconnaître chacun et nous-mêmes, dans sa pauvreté. Ne pas survaloriser, ne pas mettre à part.

Enfin, la convoitise est très souvent liée à la question du secret, du mauvais secret : « surtout tu ne diras rien », « c'est notre secret à tous deux », « c'est pour ton bien », « je fais cela parce que je t'aime ». Nous en avons déjà parlé dans la première partie. Il en faudra du temps et de la patience pour que la personne qui a été victime puisse entrer dans un doux et bon secret, celui qui se tient au cœur de l'art d'aimer et de sa discrétion. Lentement croire qu'il est possible de se laisser aimer sans avoir peur, sans crainte de devenir encore objet. Parfois a-t-elle même peur d'aimer, comme si le crime qu'elle a subi était contagieux et pouvait lui interdire de savoir aimer avec justesse, de quitter la confusion. La confiance qui doit lui être offerte est aussi de ce côté-là. Un soutien « suffisamment bon[1] », ni plus ni moins, est alors décisif pour que la personne reprenne sa place, autrefois piétinée.

Aimer et se laisser aimer sans crainte est bien la question. Celle déjà de la femme et de l'homme dans l'antique jardin de la Genèse. Interrogation pour tous, toujours. Réponse jamais acquise une fois pour toutes et qui impose la veille sur nos comportements, nos sentiments, nos troubles. Qui demande, ô combien, de ne pas déserter l'obligation de répondre de soi et de l'autre. De répondre en faveur de l'autre, à commencer par le plus fragile. D'entendre alors la question de Dieu adressée à Caïn en Genèse 4, après le meurtre de son frère Abel : « Où est ton frère Abel ? » Et Caïn d'oser dire : « Je ne sais pas. Est-ce que je suis, moi, le gardien de mon frère ? » Interrogation qui doit hanter l'Église, ses responsables, quand ils n'ont pas voulu voir ni être gardiens des êtres vulnérables, quand c'est le « mentir » qui a dominé ; le « je m'en tire ». *Je m'en tire* de mon obligation morale, voire légale. *Je m'en tire* du visage de l'autre qui me supplie de répondre de lui.

Aimer sans crainte représente un long voyage pour celles et ceux qui ont été trahis, il réclame tout un travail sur soi, afin que la personne puisse « rendre à César ce qui est à César et à Dieu ce qui est à Dieu », sans confusion ni

1. Selon l'expression du psychanalyste Donald W. Winnicott, in *La Mère suffisamment bonne*, Payot, 2006.

mélange, en analysant, au propre comme au figuré, en séparant les éléments dans lesquels sa vie s'est douloureusement précipitée. En ce domaine, beaucoup de prudence et de précautions sont nécessaires car s'y jouent la confiance et une forme d'abandon dans la parole consentie à un autre. Nombre de remèdes qui se prétendent « psychospirituels » peuvent aggraver le mal. Des compétences professionnelles reconnues sont ici requises, justement parce qu'elles ne prétendent pas être magiques et faire l'économie du temps. Aptitudes qui n'enlèvent rien à notre responsabilité, au nom de notre commune humanité de « bras cassés », à nous épauler, à écouter, du creux même de notre chair. Avec un infini respect.

Agir encore

Face au crime et au péché, comment agir, puisque telle était notre interrogation de départ ? D'abord, prendre avec soi la douleur des victimes. Pour le dire autrement, il s'agit de faire hospitalité à la vulnérabilité. L'hospitalité combat *thanatos*, la puissance de mort, le pouvoir de déliaison, en faisant enfin un espace à l'autre, à sa douleur, à sa colère, à son désespoir, à son désir de vivre malgré tout. Une hospitalité qui toujours dérange mais est impérieuse ; grâce à elle j'apprends de l'autre en m'écartant de moi-même, de mes préjugés comme de ma zone de confort. L'hospitalité ouverte est espace d'apprentissage. L'Église peut, doit, apprendre avec les personnes victimes à trouver les justes attitudes, à modifier ses pratiques de gouvernement, à revoir sa formation, à interroger sa théologie… L'hospitalité est une école. La seule qui vaille ici. Mais elle réclame que nous acceptions, et ce n'est pas la moindre des difficultés, d'être profondément dérangés et déplacés par l'accueil des souffrants. Alors elle crée un espace de vie. Ensemble et pour chacun.

Face au crime reste et restera la question délicate du traitement des auteurs et de leurs sanctions. S'il est clair que la justice des hommes doit passer toutes les fois où elle peut être saisie, cette seule réponse suffit-elle ? Car la vie est longue. Et la justice est seulement humaine et donc toujours relative. Je connais plusieurs victimes qui ont pu aller en justice, avec autant de craintes que d'espoir. Mais qui à cause de circonstances conjoncturelles, parole contre parole, avocat de l'auteur meilleur que le leur, etc., ont perdu leur procès. Et ce fut pire alors. Il serait donc illusoire, et ce serait une autre façon de se défausser, que de tout miser sur la justice. Et la vie est encore longue si un procès et une condamnation ont eu lieu, et que le coupable a purgé sa peine. Que se passe-t-il alors ? « Il n'est pas sûr que la réduction à l'état laïc soit toujours la meilleure solution, explique le jésuite Pierre de Charentenay, dans la mesure où la personne n'est plus sous aucun contrôle, ce qui n'est pas le cas si elle reste dans un monastère ou dans une activité connue et bien encadrée[1] ». L'Église doit en ce domaine aussi se faire aider afin de trouver, au cas par cas, les moins mauvaises réponses. Il lui revient de tout faire afin que les plus vulnérables soient protégés. Il s'agit aussi, pour ne pas délais-

1. *Études*, 2010.

ser les auteurs, de faciliter un chemin de conscience du mal commis, de favoriser la prise de moyens psychologiques, médicaux et sociaux pour que chacun reste dans l'humanité, ne bascule pas dans la désolation, et pour se prémunir demain d'autres drames possibles.

Nous ne sommes ici qu'au début, en France et ailleurs, de la réflexion et de la mise en place de bonnes pratiques. Enfin, nous devons changer de mœurs au sein de l'Église. Changer de mœurs, c'est par exemple déserter la culture de la soumission, au profit de relations responsables, réciproques, ouvertes à l'altérité, ce qui n'empêche nullement qu'elles soient respectueuses des rôles et des places de chacun. C'est vrai de l'Église diocésaine, des relations entre un évêque et ses prêtres, mais aussi entre clercs et laïcs, et au-delà au sein de tout le peuple de Dieu, comme l'a dit et répété le pape François dans sa lettre[1]. C'est tout aussi vrai dans les communautés religieuses, où le rapport à l'autorité a une importance très grande de par le vœu d'obéissance.

Toutes ces décisions sont lourdes de conséquences, mais c'est seulement à ce prix que, peut-être, ce qui nous tient à cœur comme chrétiens, ce qui fait le cœur de notre vie – témoigner d'un Dieu qui sauve et rend à la vie – pourra retrouver un peu d'espace et de justesse. La vie chrétienne n'est pas enfermée dans le culte, elle irrigue toute l'existence et le tout de la vie, et il est légitime et nécessaire que les chrétiens prennent part au débat public et participent au bien commun. L'histoire en est une trace éminente. Mais

1. *Lettre du pape François au peuple de Dieu*, 20 août 2018.

aujourd'hui plus grand-chose ne pourra être entendu sans cet exigeant et douloureux labeur concernant les agressions et violences sexuelles sur mineurs et personnes vulnérables. Opération difficile, longue et risquée, mais qui ne le sera jamais autant que le long combat que doit mener chaque victime pour tenter de reconquérir son histoire, sa liberté, un passage vers la confiance, sa vie en fait.

3

Les « Douze Travaux » de l'Église

Dans la tempête d'un pareil séisme, nul ne sait comment l'Église se relèvera. Ce qui est certain c'est que cela nécessitera un effort colossal pour profondément changer ses mœurs et interroger toute une part de son corpus. Ce n'est plus l'heure de prétendre « faire la morale » à quiconque. Mais c'est le temps, je l'espère de tout cœur, de revenir à des pratiques plus évangéliques, plus modestes sans aucun doute mais aussi plus proches de la réalité des personnes, de leurs souffrances et de leurs attentes. L'heure favorable pour aller vers un christianisme avant tout de l'art de vivre, du « style », comme le dit le théologien jésuite Christoph Theobald. Le style avant le code et les normes. Un style qui offre le goût de vivre à tous, prend soin et honore les plus fragiles.

Se relever, c'est mener nombre de chantiers en même temps. Car ils sont tous prioritaires à mes yeux. J'en ai choisi douze, à l'image des douze travaux d'Hercule ! Mais c'est encore plus difficile que pour le héros de la mythologie, car l'Église, elle, ne peut les affronter l'un après l'autre.

Mais elle doit les porter tous ensemble, comme autant de fronts concomitants d'un même combat.

La première obligation de l'Église : mettre les victimes au centre

Des victimes ont été reçues par les évêques de France à l'occasion de leur assemblée plénière à Lourdes en novembre 2018. Elles l'avaient été précédemment par la Conférence de religieux et religieuses. Cela fut déterminant dans les deux cas. Par ailleurs, des évêques comme des supérieurs religieux ont écouté, échangé avec des personnes victimes, parfois depuis longtemps. Un authentique changement s'est effectué[1] et désormais un travail est entrepris en coopération avec elles. Mais rien n'est encore acquis et le chemin sera long, car il ne s'agit pas seulement de les entendre, ni d'être uniquement bouleversé par leurs récits. Est en jeu de leur faire justice, de les soutenir dans ce long voyage si incertain de reconstruction, de restauration et en même temps de chercher avec elles ce qui doit être fait dans l'Église aujourd'hui pour que cela ne puisse plus se reproduire. Et du côté des méfaits des auteurs, et du côté des

1. Rappelons que le pape François, dans sa convocation aux présidents de toutes les conférences épiscopales du monde, leur demande de rencontrer et d'écouter des victimes pour se préparer à ce temps inédit de travail qui se tiendra en février 2019 au Vatican (juste après l'achèvement de ce livre), afin de prendre de nouvelles mesures contre ces crimes et pour qu'ils ne puissent se reproduire.

pratiques des institutions qui les ont passés sous silence, les ont déniés ou couverts. Là encore il est essentiel d'œuvrer avec les associations – comme cela se fait depuis longtemps dans d'autres pays d'Europe comme l'Allemagne.

Il est aussi indispensable de travailler théologiquement avec les victimes qui le veulent bien. Car s'il en est qui savent combien des représentations, des modes de pensée peuvent être ambigus, facilement détournés au profit d'agresseurs sexuels et d'abuseurs de conscience, ce sont bien elles. Revisiter des catégories fondamentales de la théologie catholique comme l'Église mère, le sens de l'eucharistie et la place du prêtre, le pardon, etc. La liste est longue…

Dans ces drames, ce sont bien les victimes qui incarnent le Christ crucifié et bafoué – quand on a tant écrit sur le prêtre comme *alter Christus*. Il est plus que temps qu'elles soient au cœur des préoccupations de l'Église, que la souffrance d'une seule victime nous fasse tous souffrir, car elles sont, plus que quiconque, corps du Christ (1 Co 12, 26). L'agression sexuelle n'est pas un délit contre le vœu de continence et de chasteté, comme on le trouve dans les manuels de théologie morale jusque dans les années 1990, ou dans le code de droit canonique (canon 1395 §2) où il ne s'agit que d'un manquement – même grave – au sixième commandement du Décalogue : « Tu ne commettras pas d'adultère » ! Coupable confusion qui obscurcit la conscience de la réalité, de la « loi de la réalité », comme le traduit la théologienne et médecin Marie-Jo Thiel. Car il ne s'agit pas d'un « manquement », mais d'une agression, d'un crime sur un mineur qui doit être protégé en son intégrité corporelle, psychique et spirituelle.

Seule la parole, claire et forte, des victimes fait entendre cette vérité. Mettre les victimes au centre, au cœur de toute préoccupation, c'est aussi ne pas oublier la longueur du temps. Les victimes de Bernard Preynat l'ont raconté, comme tant d'autres, l'advenue à la parole, cette parole enfouie, figée, étouffée, peut mettre dix, vingt, trente voire quarante ans avant de trouver le chemin des mots. L'angoisse que doit avoir l'Église concerne donc aussi toutes celles qui n'ont pas encore pu parler, y compris les victimes d'aujourd'hui.

Le deuxième des Douze Travaux : désacraliser la figure du prêtre

Dans un passionnant entretien, la sociologue des religions Danièle Hervieu-Léger[1] qualifie la crise contemporaine de l'Église de « gravissime et qui touche le catholicisme en son cœur ». Elle la considère « d'une ampleur comparable à celle qui a donné lieu à la Réforme, au XVIe siècle, ou à celle qu'a induite la Constitution civile du clergé en 1790 ». La crise frappe au lieu même où l'Église s'est constituée : elle qui s'est fondée dans un écart avec la logique juive héréditaire, sur la liberté du peuple de dire oui ou non au Dieu de l'Alliance, se retrouve aujourd'hui mise en cause par cette même autonomie. Elle a voulu tenir en même temps une liberté spirituelle et un ordre disciplinaire. Mais ce dernier n'est plus audible comme tel, au nom de cette « révolution

1. *Télérama*, 14 novembre 2018.

de l'individu ». Cela est d'autant plus violent qu'elle est atteinte au creux de la mission que s'est assignée l'Église depuis le XIXe siècle, à partir du moment spécialement où son pouvoir politique, « théologico-politique », a fondu comme neige au soleil. Toute son énergie en effet est alors de « renforcer son emprise en direction de la sphère privée ». Contrôler la sexualité est son angoisse autant que son obsession. La cellule familiale – qui se constitue vraiment au XIXe siècle – devient « cellule d'Église ». Deux axes, souligne Danièle Hervieu-Léger, vont traduire cette volonté de pouvoir, « le contrôle du corps des femmes d'une part, et la magnification de la figure du prêtre comme homme du sacré, d'autre part ». C'est en effet à cette époque que le statut de prêtre, déjà puissamment renforcé lors du concile de Trente (1545-1563), devient une quasi-élection divine. Des clercs qui, au nom du sacré, doivent contrôler le corps des femmes, dont l'idéal-type est désormais la « Sainte Famille ». Surveiller les femmes car ce sont elles qui pratiquent, qui se confessent, et qui engendrent, y compris de futurs prêtres pour l'Église.

Mais l'entre-deux-guerres, puis particulièrement les années 1960 et 1970, ont vu l'effondrement du modèle patriarcal au profit d'une « famille relationnelle », régie par des relations contractuelles entre les individus et un bouleversement de la place des femmes et de leurs droits. Comme le raconte la sociologue, c'est alors la famille qui a lâché l'Église. C'est sur ce contentieux et ce passif déjà lourds que se greffe la crise de la pédocriminalité, sapant ce qu'il restait du statut social du « caractère sacré attaché à la personne du prêtre ».

La troisième tâche est alors de déconstruire le « système clérical »

Déconstruire non pour détruire, mais pour inventer une autre manière de faire l'Église et donner tout son sens au *sacerdoce commun des baptisés*. Le sacerdoce désigne une médiation dans la relation entre Dieu et les hommes et, par son baptême, tout chrétien est appelé à prendre part à la mission du Christ d'être « chemin vers le Père ». Le sacerdoce commun des baptisés est la participation de tous au sacerdoce du Christ, car tous reçoivent le même Esprit saint par la grâce du baptême et de la confirmation.

Cela ne nie en rien la particularité du ministère du prêtre, mais celui-ci est second, car est premier celui reçu par tous les baptisés pour annoncer le Salut du Christ. Rappelons-nous le propos d'Augustin : « Avec vous je suis chrétien, pour vous je suis évêque. » Le ministère du prêtre n'est rien d'autre qu'un service de la vie chrétienne de tous, de la participation de chacun à la mission du Christ, de l'annonce d'un Évangile qui soit une bonne nouvelle. Cette théologie du sacerdoce baptismal trouve son fondement dans le texte scripturaire. La première Lettre de Pierre parle de la « race élue, sacerdoce royal, nation sainte, peuple que Dieu s'est acquis » (1 P 2, 9). Paul à son tour met l'accent sur le peuple de Dieu où il n'y a plus « ni Juif ni Grec, il n'y a ni esclave ni homme libre, il n'y a ni homme ni femme » (Ga 3, 28). Plus largement, elle s'enracine dans la prédication du Christ qui invite tous ses disciples à entrer dans sa suite et à vivre de sa vie. Le concile Vatican II a retrouvé cette sève trop enfouie, comme on le lit dans la Constitution apostolique *Lumen Gentium* (1964)[1], qui après un chapitre introductif s'ouvre par le « Peuple de Dieu ». Si, depuis, de nombreux laïcs et très majoritairement des femmes ont pris des responsabilités dans leur diocèse, dans l'Église, visiblement ce mouvement n'est pas suffisant pour contrer le cléricalisme. Dans sa lettre du 20 août *au Peuple de Dieu*, le pape François dénonce lui-même une forme de gouvernement qui maintient les laïcs en « marge des décisions ». Il s'agit alors, plus que de responsabilités individuelles, de prendre part à la gouvernance, de l'ouvrir à l'altérité, à la coopération en équipe. Quitter le monde de l'entre-soi – y compris d'ailleurs quand chacun est tout à fait intègre et plein de bonne volonté –, c'est donner à l'Église sa chance d'être déplacée – bousculée peut-être – par les différents regards qui vont l'ouvrir et la rendre plus en prise avec notre temps.

C'est s'écarter – enfin – d'un modèle de l'autorité pensé comme solitaire, comme celle de l'« homme fort » – dont tant de prédateurs ont usé – lié à un pouvoir indiscuté et unilatéral. Malgré les mutations vertigineuses de la modernité, ce modèle fascine toujours. Non seulement il est dangereux car souvent lié à de la manipulation – ou de la violence – mais il est faux, dans l'Église, au nom justement du « sacerdoce commun » de tous les baptisés. Il s'agit donc, comme je l'ai déjà évoqué, de retrouver une autorité plurielle. Car seule l'autorité plurielle et limitée fait signe vers l'unique autorité, pour les chrétiens, qu'est le Christ.

---

1. « Constitution dogmatique sur l'Église ».

Quitter le cléricalisme, c'est alors favoriser des gouvernances qui prennent en compte la limite autant que la pluralité et les honorent. Et ce à tous les niveaux de l'Église. C'est enfin tourner le dos à toute confusion – de celle qui justement favorise le sentiment de toute-puissance, quand un clerc se prend à se vivre « père, frère, docteur, époux »...

L'immense théologien Karl Rahner, cité par Danièle Hervieu-Léger, écrivait en 1954, « avec un sens aigu de la prémonition : face au risque de voir se constituer un "catholicisme de ghetto" il va falloir inventer un "catholicisme de diaspora" ».

Au regard de ce que nous sommes, de notre attachement à l'autonomie et donc à l'indispensable adhésion libre, c'est là une mutation anthropologique qui est fondamentale pour désacraliser l'image du clerc, du religieux, de l'institution ecclésiale. Pour les rendre à leur véritable vocation : celle de la sainteté, comme tout le peuple de Dieu, autrement dit l'appel à s'ajuster à l'art d'être au monde de Jésus de Nazareth, doux et humble de cœur.

Le quatrième chantier de l'Église, promouvoir la place des femmes

Pas de proclamation de l'Évangile sans Marie de Magdala, apôtre des apôtres, première d'entre eux car c'est elle qui reçoit, avant tout autre, l'annonce de la résurrection et est envoyée la dire. Pourtant la tradition, à partir de la personne de la Vierge Marie, « a été constituée en référence, modèle et légitimation d'une féminité définie par l'effacement et le retrait silencieux. Donc vouée – comme naturellement – à la subordination, voire à l'assujettissement à l'autorité masculine. C'est de cette façon que des valeurs authentiquement évangéliques d'humilité, d'écoute, d'obéissance – auxquelles les chrétiens des deux sexes sont normalement conviés – ont été retraduites fallacieusement en postures de modestie, de pudeur, de soumission… féminines. Un "propre du féminin" s'est construit à partir de là, se proposant aux femmes comme idéal de vie, tout en les assignant au nom même de cette féminité à un statut de mineures, au plan symbolique autant que juridique ». Cette citation de la bibliste Anne-Marie Pelletier[1] résume, ô combien !, la situation qui est encore trop souvent celle de l'Église catholique. La condition des femmes est ainsi d'humblement servir et de rester toujours vertueuses, obéissantes et modestes. C'est – poursuit-elle – « toute une veine immémoriale et transculturelle de subordination qui est ici concernée ». La Vierge Marie aura été la figure centrale d'un féminin centré sur l'intériorité, l'espace privé et une condition passive. Si heureusement l'histoire de l'Église est plus mêlée, comportant de tout temps de magnifiques figures de femmes engagées, ayant autorité, on ne peut nier que cette logique aura tenu à l'écart les femmes des décisions de l'Église, de sa parole publique, de son gouvernement.

1. Dans un article à paraître à la suite du colloque « Marie conservait toutes ces choses dans son cœur », Lc 2, 19.51, « Ré-interpréter la figure de Marie », colloque international réuni par L. Vardey, sur le thème « Towards an Intrinsic Feminine Theology », Rome, 2016. Voir aussi *Le Signe de la femme*, Cerf, 2006.

Nous avons commencé à changer d'époque et nombreuses sont celles qui prennent pleinement part à la vie de l'Église, y compris dans les conseils des évêques, l'enseignement universitaire ou la conduite de responsabilités importantes. Le pape François n'a pas manqué de dénoncer, dès le début de son pontificat, lors de son retour de Rio, le 28 juillet 2013, « les lieux communs d'une féminité rabattue sur la maternité ou encore les ambiguïtés d'un "service", spécialité prétendue des femmes, si souvent perverti en simple servitude[1] ». Il ajoutait qu'« il faut ouvrir un chantier ». Malgré donc de vraies avancées et des changements incontestables, l'articulation du masculin et du féminin reste une difficulté qui fait que trop de femmes demeurent assignées à des seules tâches d'intendance ou de gestion. Bref, la différence sexuelle apparaît toujours comme l'enjeu d'une sacralité dont nous ne connaissons aujourd'hui que trop bien les méfaits. L'Église a du travail afin que la place des femmes soit un véritable lieu et de réciprocité et d'altérité, y compris pour les clercs, car tous – femmes et hommes – ont « revêtu le Christ » (Ga 3, 26). Attaquer le cléricalisme ne se fera pas sans les femmes, sans la réelle place des femmes dans toutes les responsabilités, afin que tous cherchent à mettre en pratique la parole du Christ, « moi je suis au milieu de vous comme celui qui sert » (Lc 22, 27).

---

1. Cité par Anne-Marie Pelletier, « Femmes dans une ecclésiologie intégrale. Surmonter l'invisibilité des femmes », Institut catholique de Paris, *Transversalités*, 2015/2, n° 133, p. 9-115.

Le cinquième enjeu : transformer la crise en mutation

Pour espérer sortir un jour de cette crise, elle doit devenir l'heure où toute l'Église se décide à remanier ses mœurs en profondeur. La vivre à la manière dont le philosophe et théologien Michel de Certeau parle de la « rupture instauratrice[1] ». Le mot de rupture énonce un fait avant d'exprimer un programme. Il s'agit de rendre possible une interprétation cohérente de ce fait qui à la fois soit en fidélité avec l'histoire et en même temps différence afin de pouvoir instaurer de la nouveauté. « De part et d'autre, la foi apparaît comme une rupture sans cesse instauratrice », écrit ce grand penseur. Celle-ci institue une nouvelle manière d'envisager de penser, fondée sur la disparition de Jésus dans l'événement qu'est son passage de la mort à la vie, « battement incessant de toute existence chrétienne[2] ». Cet événement de rupture, perçu comme tel par les premières générations chrétiennes, a souvent perdu de son tranchant lorsqu'il a été enfermé dans un langage qui croit dire le tout. Un mode ancien s'en est allé ; accueillir ces ruptures, c'est inventer des expressions qui rappellent sans fin que nous sommes des marcheurs, et c'est au sein d'une marche incertaine de

1. Analyse développée en 1971, publiée par *Esprit* : « la rupture instauratrice, ou le christianisme dans la culture contemporaine ». p. 1177-1214. Voir aussi M. de Certeau, *La Faiblesse de croire*, Esprit/Seuil, 1987, chap. 7.

2. « Variations sur la rupture instauratrice », Gérard Bailhache, C.E.R.A.S, *Revue Projet*, 2003/5, n° 277, p. 43-46.

l'existence que jaillit un sens, non comme une certitude mais comme un éclat. La rupture fait éclater un monde, un discours trop figé, clos.

La rupture instauratrice en notre domaine, c'est bien notre capacité à donner un sens à ce qui s'est passé, ce qui se passe avec ces crimes et ces drames, avec la façon dont l'Église les a trop souvent occultés ou niés. Interpréter pour inaugurer enfin un temps nouveau, loin des certitudes fermées, au profit d'une quête toujours ouverte et hospitalière, d'une attention vive au débat et à la critique, une vigilance qui se fasse agissante en faveur des plus vulnérables.

La sixième nécessité : changer le style de l'Église

Il faut se défaire d'un rapport au monde distant, parfois encore hautain, au profit d'un style d'existence présent au siècle où nous sommes, partie prenante de son destin, au milieu et avec ce temps.

Le pape Paul VI déclarait en 1967, lors de la publication de l'encyclique *Popularum Progressio*[1], « l'Église experte en humanité », car porteuse « d'une vision globale de l'homme et de l'humanité » (§13). Si, dans son contexte, ce propos était novateur car signifiant l'engagement délibéré de l'Église dans la cause de la paix, de la justice et du développement, on aurait tant aimé qu'elle se déclare plutôt servante de l'humanité qu'experte. N'est-ce pas là une des raisons pro-

1. *Le Développement des peuples*, 1967.

fondes de notre douleur aujourd'hui, de notre exaspération aussi que sa position trop longtemps, trop souvent, de surplomb ? Celle de clercs et d'évêques sûrement, mais aussi de catholiques en général.

Les chrétiens suivent un messie crucifié. Un messie qui n'eut d'autre mission, d'autre passion, que de témoigner à tous, spécialement à ceux qui se croyaient loin – pécheurs, païens, pauvres et estropiés… –, que le Dieu de l'Alliance était pour tout un chacun. Un vrai homme, Jésus le Nazaréen, qui n'eut d'autre ambition que d'être compagnon d'humanité, sans jamais accaparer, afin de rendre l'humain libre pour aller vers son avenir. Il faudrait alors tourner le dos à toute prétention d'expertise ou d'excellence de sainteté, de vérité et de morale. Redevenir des serviteurs de l'humain en sa vulnérabilité et sa dignité intangibles. Ce qu'expriment tant et tant de croyants en leurs vies ouvertes et données. Il nous faut témoigner de ce que nous croyons y compris à propos de la vie affective ; et nous avons beaucoup à donner en partage – comme j'ai tenté de l'esquisser plus haut. Non pour faire la leçon, mais pour apporter ce qui nous tient à cœur et que nous essayons de vivre. Pas parce que nous aurions la vérité, mais parce que nous la cherchons, avec les autres. Il importe de nos écarter d'un christianisme du code au profit d'un christianisme du « style », comme le théorise Christoph Theobald[1]. Il ne s'agit ni de l'esthétiser ni de le réduire à un seul corpus doctrinal, mais d'honorer l'ensemble de la vie chrétienne.

1. *Le Christianisme comme style*, Cerf, « Cogitatio Fidei », n°s 260 et 261, 2007.

Le « style » renvoie au type de relations que Jésus vit. Theobald le synthétise par le terme d'« hospitalité au quotidien ». En effet, d'épisode en épisode, les récits évangéliques montrent la capacité du Nazaréen à apprendre « du tout-venant » et de chaque nouvelle situation qui se présente. Ainsi cet homme est-il profondément libre et a une étonnante distance avec une identité que l'on voudrait lui imposer ou avec un rôle à jouer. Sa relation est d'une « proximité bienfaisante ». Le style de Jésus est cette « manière d'habiter le monde » par l'hospitalité, l'absence de mensonge et la concordance avec lui-même. Penser alors la vie chrétienne comme un style, c'est lui rendre sa chance de se situer au milieu des multiples styles de vie de nos contemporains, c'est faire droit à la pluralité et au pluralisme de nos façons d'habiter une même société, une unique humanité.

Plaidons alors pour le style d'une présence chrétienne qui sache faire place à des nouveaux venus, à leur manière d'être au monde, qui soit à même de susciter leur créativité et leur cohérence, loin de toute prétention hautaine.

La septième obligation : renforcer le dialogue avec la société

Le concile Vatican II assume enfin l'autonomie du monde, affirmant la nécessité de prendre au sérieux la consistance du monde, des communautés sociales, des mœurs et de la justice des hommes.

Aujourd'hui, comme le montre l'historien et politologue

Olivier Roy[1], « la sécularisation a fait place à la déchristianisation en séparant les valeurs de la société de celles du christianisme ». Comme je l'ai évoqué précédemment avec l'analyse de Danièle Hervieu-Léger, cette nouvelle anthropologie est centrée sur le désir individuel et l'autonomie du sujet, ce qui est profondément distant, pour ne pas dire contraire au christianisme. « À partir de 1968, déclare Olivier Roy, l'Europe connaît un changement anthropologique majeur qui sépare profondément les valeurs de la société de celles du christianisme. » La vraie déchristianisation n'est pas tant une chute de la pratique que la référence à une nouvelle anthropologie centrée sur le désir individuel. Roy montre que ceux qui font appel à une identité chrétienne et plus spécialement catholique d'ailleurs, alors qu'ils n'adhèrent pas aux valeurs chrétiennes de solidarité, de justice, de droits des plus fragiles, accélèrent la déchristianisation. Il s'agit donc bien de coopérer de toutes nos forces aux efforts de justice et de fraternité d'une société séculière, sans chercher à en récupérer la paternité, ni à la regarder de haut, comme si, dans la conduite du monde, nous prétendions ne pas être citoyens comme tout un chacun.

Pour ce faire, il faut multiplier des instances de dialogue, entrer dans la coopération avec les autorités civiles, avec les associations de victimes…, tout ce qui va favoriser la reconnaissance et l'intelligence collective pour une meilleure

1. Olivier Roy, *L'Europe est-elle chrétienne ?*, Seuil, 2019 ; et interview avec Isabelle de Gaulmyn, journal *La Croix*, 11 janvier 2019.

protection des personnes vulnérables – enfants comme adultes – d'aujourd'hui et de demain.

Le divorce est grand entre la communauté de foi et la culture, comme l'avaient très bien compris tant Jean-Paul II que Benoît XVI. Face à cette culture qui lui est devenue si étrangère, la question de l'Église est de savoir comment se situer dans la société. L'heure n'est plus à prétendre dicter ou imposer des normes – y compris au regard de la faillite de l'Église avec la crise de la pédocriminalité – mais bien de tenter de rendre compte d'une sagesse de vivre, de valeurs qui nous tiennent. Olivier Roy rapporte cette conversation avec le père jésuite Paolo Dall'Oglio, disparu en Syrie depuis juillet 2013 : « On ne doit pas apparaître, lui disait-il quelques semaines avant son enlèvement, comme des législateurs, on doit apparaître comme des prophètes. »

Nos sociétés ont besoin, plus que jamais peut-être, de pouvoir se référer à des valeurs qui les dépassent, et qui transcendent le seul ordre des lois et des normes, trop conflictuel. Rendre à César ce qui lui appartient, c'est se situer résolument comme des citoyens partageant les mêmes devoirs, la même volonté de vivre ensemble et de promouvoir ce qui est juste, tout en témoignant d'une autre dimension de la vie, en sa dignité et sa beauté. Et c'est bien cela, tragiquement, que les crimes liés à la pédocriminalité ont piétiné.

Le huitième travail : faire la vérité pour retrouver la confiance

L'Église repose sur la confiance, sur une parole partagée. Elle ne trouve pas sa justification dans des produits sur le marché, ni dans des rendements industriels, ni dans un génie créateur de progrès médical. Elle n'a sens que parce qu'elle met toute son énergie à vivre ce qu'elle annonce, à partager ce qui fait battre toute son histoire. L'échec d'aujourd'hui a détruit – pour longtemps sans doute – cette confiance possible. Y compris d'ailleurs si l'on n'adhérait pas à son message, mais croyait à son intégrité.

Quand les scandales en nombre ont éclaté, dans les années 1985, 1990, 2000, trop souvent l'Église a nié l'ampleur des faits. Elle a cru à une attaque des médias. On peut aujourd'hui raisonnablement penser que ce temps-là est révolu et le pape François lui-même, avec nombre d'évêques, remercie les médias pour l'opiniâtreté et la rigueur de leurs investigations. Alors oui, il s'agit de faire la vérité, toute la vérité sur cet océan de noirceur, de manière indépendante, délibérée, engagée, opiniâtre – quoi qu'il en coûte. Prendre pour ce faire les moyens indiscutables nécessaires, travail scientifique, enquête, accès aux archives… L'accomplir, car nous le devons aux personnes victimes d'avant-hier, d'hier et encore d'aujourd'hui. À elles et tous leurs proches. Seule cette vérité-là les rendra libres et repoussera peut-être la défiance.

Faire œuvre de justice c'est nommer et peser avec rigueur

qui sont les coupables afin de délivrer les victimes d'un poids de culpabilité et de honte qui les enfonce plus encore. C'est séparer les uns des autres, et commencer à réparer ce qui est en mesure de l'être. Le faire en toute clarté. Chemin indispensable pour que de la confiance puisse un jour, les yeux ouverts, se reconstituer comme on refait de la peau après une grande brûlure.

Combattre les causes de la défiance, à partir des points précédemment évoqués, c'est mener vers une Église plus sûre pour les jeunes. Une Église plus humble, moins cléricale et secrète, plus transparente, où les laïcs se verront pleinement reconnaître leur entière dignité de chrétiens baptisés. Il ne s'agit pas seulement de produire un remaniement de structure qu'avant tout un changement d'état d'esprit. À commencer par le souci, qui doit enfin devenir premier, des victimes.

Le neuvième chantier de l'Église : former les prêtres sur les questions affectives

La littérature théologique, pastorale est très abondante et il y a bien longtemps que la plupart de ces documents ont pris en compte les apports essentiels des sciences humaines. Les textes du magistère de l'Église sont aussi très clairs. Mais là non plus nous ne sommes pas au bout, car il y a un écart entre ce qui est enseigné, y compris quand cela est marqué au coin du bon sens comme de la compétence, et la façon dont cet enseignement touche réellement l'existence de quelqu'un, l'interroge, le remet en cause, l'éclaire. Travailler à la justesse affective et sexuelle des clercs et des religieuses et religieux reste – et restera toujours d'ailleurs – un enjeu considérable et impératif. En ce domaine si mouvant de toute existence, et où tout un pan échappe au conscient – et parfois à la volonté –, il importe d'autant plus que les repères soient clairs, au séminaire comme durant le noviciat. Mais il est aussi nécessaire d'accompagner davantage les dix premières années faisant suite à l'ordination ou à la profession religieuse. Non comme une obsession, mais bien pour rester mieux présent dans les tournants de l'existence, car il y a un fort écart entre la vie au séminaire ou au noviciat et celle au sein d'une paroisse ou d'une communauté. La question spécifique de la protection des mineurs doit également être abordée dans la formation de tous, d'abord parce que prêtres, tout comme les religieux/ses ont souvent des responsabilités qui peuvent leur permettre de détecter des enfants victimes.

Ce travail doit se faire de façon plurielle. Non seulement à travers les disciplines approchées, théologie, sciences humaines, droit, biologie... mais par la diversité des personnes qui enseignent, accompagnent, discernent : prêtres et religieux, hommes et femmes, laïcs...

Sur ce sujet, il faut enfin dire que la question du célibat doit être à nouveau revisitée. D'abord dans sa conception spirituelle, comme je l'ai déjà évoquée, sans en rien nier sa beauté. Mais aussi en tant que discipline ecclésiastique. Il n'y a pas lieu ici de se prononcer sur la question du mariage des prêtres, et j'ai dit ailleurs que lier mariage des prêtres et pédocriminalité donnait une piètre image du rôle de la femme. Il n'empêche... Nous savons qu'une grande majorité des enfants agressés sont des garçons. Est-ce avant tout un opportunisme car les prêtres seraient plus facilement dans des relations de proximité avec eux ? Peut-être[1]. Mais il se peut aussi que cette voie du célibat ecclésiastique obligé attire parfois des hommes avec des fragilités affectives profondes qui risquent de s'avérer dangereuses. L'Église d'Allemagne, par la voix du cardinal Marx, président de la Conférence épiscopale, s'est d'ailleurs prononcée pour engager à ce propos une réflexion « transparente avec la participation d'experts de différentes disciplines ».

Le dixième impératif : combattre les phénomènes d'emprise

Comme je l'ai dit à de nombreuses reprises dans cet ouvrage, l'emprise sexuelle repose sur une mainmise spirituelle, sur un abus de pouvoir. L'Église est donc tenue de combattre avec détermination tout ce qui mène à des abus de conscience et des emprises. La vie religieuse doit prendre toute sa part car ce phénomène la concerne au premier chef, de par le vœu d'obéissance et une perception toujours présente de la vie consacrée comme un « chemin de perfection ».

Tous, nous sommes dans l'inachèvement, en quête d'accomplissement, et l'emprise ne peut s'installer sans une fascination pour la perfection, sans cette illusion de croire qu'il

1. Il faudrait ici une étude scientifique à partir d'entretiens avec des clercs délinquants sexuels. Voir l'étude de Stéphane Joulain, *Combattre l'abus sexuel des enfants. Qui abuse ? Pourquoi ? Comment soigner ?*, Desclée de Brouwer, 2018.

existerait des êtres humains totalement accomplis qui seraient capables de nous transformer nous aussi en être parfaits.

Cette fascination, dont nous pouvons nous faire croire qu'elle se nomme en nous désir mystique, volonté morale, idéal, est renforcée par une conception de l'image du Christ, « vrai homme et vrai Dieu », considéré comme l'homme parfait. Lui qui appelle d'ailleurs à un type de perfection : « Soyez parfaits comme votre Père céleste est parfait. » Dans une compréhension tronquée des textes évangéliques, la figure du Christ se transforme en un modèle très puissant faisant croire à un Dieu omnipotent. Le christianisme devient alors un moule et non plus une voie, non plus une matrice qui dilate et s'ouvre. Un moule dans lequel il convient de se couler, coûte que coûte, y compris ma liberté, mon esprit critique, ma conscience.

Tout exercice de l'autorité dans l'Église doit donc être passé au crible de la liberté qu'il suscite, au tamis des médiations institutionnelles qu'il doit solliciter, au crible de la conscience et de l'intimité de l'autre qui ne peuvent en aucun cas être violentées.

Dans la vie religieuse et plus largement dans la vie chrétienne, l'obéissance est profondément un chemin de liberté et de croissance. Dans de nombreux textes, le magistère catholique insiste sur ces dimensions.

Dans une de ses dernières publications, *À vins nouveaux outres neuves*, le pape François, par la voix du dicastère de la vie consacrée, redit clairement comment le paradigme de l'exercice de l'autorité est le Christ serviteur, et rien d'autre. « Toute autorité, même dans le cas du fondateur, ne peut pas être considérée comme l'interprète exclusif du charisme et ne peut pas non plus supposer de se soustraire aux normes du droit universel de l'Église. Ces comportements peuvent alimenter et manifester de la méfiance à l'égard des autres composantes ecclésiales, de la famille religieuse ou de la communauté de référence.

Des épisodes et des situations de manipulation de la liberté et de la dignité des personnes n'ont pas manqué ces dernières années, en particulier dans les instituts fondés récemment. Non seulement on réduisait les personnes à une dépendance totale qui mortifiait la dignité et même les droits humains fondamentaux ; mais on les induisait même, avec diverses tromperies et sous le prétexte de fidélité aux projets de Dieu par l'intermédiaire du charisme, à une soumission qui faisait appel aussi à la sphère de la morale et même à l'intimité sexuelle. Avec un grand scandale pour tous quand les faits viennent à la lumière[1]. » Et un peu plus loin, « Dans certains cas on ne promeut pas la collaboration par une "obéissance active et responsable", mais la soumission infantile et la dépendance scrupuleuse. De cette manière on peut nuire à la dignité de la personne au point de l'humilier » (n° 25).

À travers ces propos très clairs on comprend combien l'emprise trouve un terrain privilégié dans des groupes religieux. Elle le peut tout autant dans des relations particulières, comme celle d'un prêtre avec de jeunes scouts ou

1. *À vin nouveau, outres neuves*, Congrégation pour les instituts de vie consacrée et les sociétés de vie apostolique, cardinal João Braz de Aviz, préfet, José Rodríguez Carballo, O.F.M., archevêque secrétaire, cité du Vatican, 6 janvier 2017.

enfants de chœur par les mêmes méthodes et la même instrumentalisation de la spiritualité, du désir de la foi et de la confiance de ces jeunes.

Notons enfin que toute une vulgate sur le « lâcher-prise » – qui enrichit auteurs et éditeurs ! – doit être interrogée. Bien évidemment nous comprenons la pertinence du « lâcher-prise » comme une attitude d'ouverture intérieure à soi et aux autres, comme un pas de côté par rapport à un volontarisme forcené et destructeur, pour desserrer donc la « prise » et consentir au temps et aux limites. Tout cela est nécessaire et bien souvent difficile dans nos sociétés de performance et de rentabilité. Mais il y a une coupable instrumentalisation de ce « lâcher-prise », y compris au nom d'une manipulation de la tradition spirituelle pourtant magnifique de « l'ouverture du cœur et de l'abandon », menant à la déresponsabilisation, à la négation de l'identité propre – signifiée alors comme mauvaise. Plutôt que de « lâcher prise », la vie chrétienne doit être du côté d'un travail de vérité, pouvoir devenir suffisamment vrai devant les autres, être soi-même, sans jouer un personnage, sans être dans une représentation et en s'estimant. Il ne s'agit en aucune manière de démissionner de sa liberté et pour les croyants, croire c'est en fin de compte se risquer à vivre comme si Dieu nous avait abandonnés. En toute responsabilité et engagement singulier. Nous sommes « les poètes de notre existence [1] ».

---

1. Robert Scholtus, *Faut-il lâcher prise ? Splendeurs et misères de l'abandon spirituel*, Bayard Centurion, « Christus », 2008.

Le onzième travail : revoir l'exercice du pouvoir au sein de l'Église

« Le pouvoir correspond à l'aptitude à agir de façon concertée[1]. » Ce propos de la philosophe Hannah Arendt récapitule bien la question. Le pouvoir est la capacité d'agir. Ainsi le supérieur religieux, le responsable ecclésiastique possèdent-ils un pouvoir. Il ne faut pas trop vite le confondre avec la formule si fréquemment utilisée dans la sphère ecclésiale : « C'est un service et non un pouvoir ». Si c'est bien un pouvoir, il est indispensable à l'exercice de la responsabilité.

La première chose qui frappe est que trop souvent dans l'Église les responsables sont juges et parties. Les enquêtes canoniques sont diligentées, la plupart du temps, par l'évêque et les conclusions lui sont adressées. Il n'y a pas de tiers. Si une communauté est soupçonnée d'une grave dérive, c'est encore l'évêque – qui parfois en a approuvé les statuts – qui est conduit à ordonner une enquête, nomme l'enquêteur, reçoit le rapport et en tire les conséquences. Il s'imposerait donc que les investigations canoniques s'exercent indépendamment des évêques impliqués et que les procès soient jugés dans des tribunaux ecclésiastiques également indépendants des évêques concernés. Dans notre sujet, cette confusion s'avère tragique, et

1. Hannah Arendt, *Du mensonge à la violence*, Calmann-Lévy, 1972.

combien de fois les procédures internes de l'Église auront été défaillantes et même coupables !

La crise qui atteint l'institution et sape la confiance impose que non seulement le pouvoir ne s'exerce pas de façon solitaire – y compris quand *in fine* il est nécessaire que celui qui en a l'autorité tranche – mais aussi qu'il ne reste pas ainsi dans l'entre-soi, dans cette confusion des parties prenantes qui s'avèrent aussi être les juges. Le concile Vatican II fait passer le christianisme au pluriel, par la reconnaissance de la place pleine et entière des fidèles, y compris dans leur apport doctrinal. Il faut entrer pour de vrai dans « la circularité des responsabilités », comme l'écrivait Mgr Gérard Defois en… 1981 [1]. Ainsi, les conseils des évêques doivent devenir plus ouverts à la pluralité des appartenances (clercs, laïcs…) et des sensibilités. De même dans les paroisses. Se pose, à tous les niveaux, la question des contre-pouvoirs ainsi que des autorités indépendantes. La légitimité du pouvoir est toujours tributaire de sa crédibilité historique – pour tout pouvoir et nous le voyons ô combien en politique. Mais cela est vrai aussi pour l'Église. C'est son incarnation dans la réalité des prises de décision, de son action, qui révélera sa justesse, ou non. On a coutume de dire que dans l'Église il faut évangéliser le pouvoir, afin qu'il ne soit pas susceptible d'être autocrate, au service de la puissance d'un seul ou des intérêts de quelques-uns. Oui bien sûr. Évangéliser le pouvoir prend, je crois, deux directions : que le clerc, curé, évêque… ait fondamentalement pour charge de responsabiliser la communauté et ses membres et d'en

1. « Le pouvoir dans l'Église », *Pouvoirs*, revue française d'études constitutionnelles et politiques, n° 17, 1981.

assumer les conséquences. Ce qui suppose de susciter et former des sujets croyants. Dans les scandales d'abus sexuels nous ne savons que trop combien souvent les fidèles n'ont pas agi – par déni ou peur du scandale. Construire une communauté de croyants qui jouent pleinement leur rôle ne se fera pas d'un jour à l'autre. Ensuite, la mesure de l'Église n'est pas la place des puissants car l'Évangile rappelle sans cesse la primauté des petits et des faibles, de ceux qui se croient loin. Ainsi le pouvoir doit-il avoir pour obsession la protection *de la veuve, de l'orphelin, de l'enfant, de l'étranger*. Et en prendre tous les moyens, quoi qu'il lui en coûte.

Cette mutation obligée de l'Église rejoint là encore sa signification profonde, celle d'une Église synodale : « L'Église n'est rien d'autre que le Peuple de Dieu qui chemine ensemble (*syn-odos* en grec) sur les sentiers de l'histoire à la rencontre du Christ Seigneur », expliquait le pape François à l'occasion du cinquantième anniversaire de la création du Synode des évêques. Conseils pastoraux de paroisse, équipes d'animation pastorale, conseils de l'évêque permettent à tous et à chacun de co-construire l'Église. « Il faut apprendre à faire confiance à tous les baptisés (et bien au-delà) pour écouter et discerner collectivement ce que l'Esprit dit aux Églises[1]. »

Un autre rapport au pouvoir c'est, enfin, la limite du pouvoir. Et donc la coopération pleine et entière avec les autorités civiles, avec la justice de notre pays, avec des tiers

1. Alphonse Borras, *Communion ecclésiale et synodalité*, CLD, Éditions 2018.

qui auraient un véritable droit de regard sur nos mœurs en la matière.

Le douzième chantier de l'Église : mettre en actes la « tolérance zéro »

Ce douzième et dernier travail manifeste bien l'exigence de les mener tous de front, en même temps. La « tolérance zéro » récapitule les onze obligations précédentes, car si elles ne sont pas menées à bien, ce propos restera lettre morte.

Quand le pape François, après Jean-Paul II et Benoît XVI, parle de « tolérance zéro » envers les abuseurs, on comprend d'abord qu'il veut dire que plus aucun cas d'abus sexuel sur mineurs ne sera toléré. Tout abuseur devra être puni en suivant les procédures du droit canonique et remis aux autorités civiles pour être jugé et sanctionné. Par ailleurs, un énorme travail de prise en charge des auteurs demeure à faire, en lien étroit avec des professionnels. L'Église le doit en même temps aux victimes, au peuple de Dieu, et à ces personnes qui sont des individus singuliers avec une histoire propre et qui demandent une attention chaque fois ajustée et compétente. Il est aussi essentiel que l'Église manifeste qu'elle condamne toute forme d'abus sexuel des mineurs commis par des clercs ou par qui que ce soit et qu'elle mettra alors tout en œuvre pour donner aux enfants et aux personnes vulnérables un environnement sécure, une « maison sûre » – comme le dit Mgr Jacques Blaquart, évêque d'Orléans, très engagé dans ce combat. Cela impose que l'Église fasse tout ce qui est possible pour se tenir auprès des victimes avec justice et vérité.

La « tolérance zéro » doit alors devenir, dans la réalité, un principe essentiel pour l'Église avec des conduites claires, des protocoles, une formation spécifique et des programmes d'éducation. Sinon elle restera, comme ce fut tragiquement le cas ces vingt dernières années, un vœu pieux, car trop souvent les faits ont démenti ces affirmations fortes mais qui deviennent mensongères si elles ne sont pas suivies d'effets. Les procédures de l'Église ont à être transparentes, ses rapports publics. Le tribunal ecclésiastique dédié pour juger des fautes des évêques, annoncé par le pape en juin 2015, doit enfin être opérationnel et avec des procédures indiscutables. Si la miséricorde est une marque de fabrique de la vie chrétienne, spécialement du pontificat du pape François, elle ne peut s'exercer au détriment de la vérité, de la justice, de la réparation et de la protection des plus fragiles. Et ce « cœur de misère » doit avant tout battre en faveur des femmes et des hommes violentés.

L'Église est dans un état d'urgence. Espérons qu'il puisse donner à entendre la souffrance des victimes qui elles aussi sont en état d'urgence, telles des survivantes.

Annexes

ANNEXE 1

Extraits de la Lettre du pape Benoît XVI aux catholiques d'Irlande, 19 mars 2010

Chers frères et sœurs de l'Église en Irlande, c'est avec une profonde préoccupation que je vous écris en tant que Pasteur de l'Église universelle. Comme vous, j'ai été profondément bouleversé par les nouvelles apparues concernant l'abus d'enfants et de jeunes vulnérables par des membres de l'Église en Irlande, en particulier par des prêtres et des religieux. Je ne peux que partager le désarroi et le sentiment de trahison que nombre d'entre vous ont ressentis en prenant connaissance de ces actes scandaleux et criminels et de la façon dont les autorités de l'Église en Irlande les ont affrontés. [...] L'Église qui est en Irlande doit en premier lieu reconnaître devant le Seigneur et devant les autres les graves péchés commis contre des enfants sans défense. Une telle reconnaissance, accompagnée par une douleur sincère pour les préjudices portés à ces victimes et à leurs familles, doit conduire à un effort concerté afin d'assurer la protection des enfants contre de tels crimes à l'avenir. [...]

Aux victimes d'abus et à leurs familles

Vous avez terriblement souffert et j'en suis profondément désolé. Je sais que rien ne peut effacer le mal que vous avez subi. Votre confiance a été trahie, et votre dignité a été violée. Beaucoup d'entre vous, alors que vous étiez suffisamment courageux pour parler de ce qui vous était arrivé, ont fait l'expérience que personne ne vous écoutait. Ceux d'entre vous qui ont subi des abus dans les collèges doivent avoir eu l'impression qu'il n'y avait aucun moyen d'échapper à leur souffrance. Il est compréhensible que vous trouviez difficile de pardonner ou de vous réconcilier avec l'Église. En son nom, je vous exprime ouvertement la honte et le remords que nous éprouvons tous. Dans le même temps, je vous demande de ne pas perdre l'espérance. C'est dans la communion de l'Église que nous rencontrons la personne de Jésus Christ, lui-même victime de l'injustice et du péché. Comme vous, il porte encore les blessures de sa souffrance injuste. Il comprend la profondeur de votre peine et la persistance de son effet dans vos vies et dans vos relations avec les autres, y compris vos relations avec l'Église. Je sais que certains d'entre vous trouvent également difficile d'entrer dans une église après ce qui s'est passé. Toutefois, les blessures mêmes du Christ, transformées par ses souffrances rédemptrices, sont les instruments grâce auxquels le pouvoir du mal s'est brisé et nous renaissons à la vie et à l'espérance. Je crois fermement dans le pouvoir de guérison de son amour sacrificiel – également dans les situations les plus sombres et sans espérance – qui apporte la libération et la promesse d'un nouveau départ. […]

Aux prêtres et aux religieux qui ont abusé des enfants

Vous avez trahi la confiance placée en vous par de jeunes innocents et par leurs parents. Vous devez répondre de cela devant Dieu tout-puissant, ainsi que devant les tribunaux constitués à cet effet. Vous avez perdu l'estime des personnes en Irlande et jeté la honte et le déshonneur sur vos confrères. Ceux d'entre vous qui sont prêtres ont violé la sainteté du sacrement de l'Ordre sacré, dans lequel le Christ se rend présent en nous et dans nos actions. En même temps que le dommage immense causé aux victimes, un grand dommage a été perpétré contre l'Église et la perception publique du sacerdoce et de la vie religieuse.

Je vous exhorte à examiner votre conscience, à assumer la responsabilité des péchés que vous avez commis et à exprimer avec humilité votre regret. Le repentir sincère ouvre la porte au pardon de Dieu et à la grâce du véritable rachat. En offrant des prières et des pénitences pour ceux que vous avez offensés, vous devez chercher à faire personnellement amende pour vos actions. Le sacrifice rédempteur du Christ a le pouvoir de pardonner même le plus grave des péchés et de tirer le bien également du plus terrible des maux. Dans le même temps, la justice de Dieu exige que nous rendions compte de nos actions sans rien cacher. Reconnaissez ouvertement vos fautes, soumettez-vous aux exigences de la justice, mais ne désespérez pas de la miséricorde de Dieu.

Aux parents

Vous avez été profondément bouleversés en apprenant les choses terribles qui eurent lieu dans ce qui aurait dû être le milieu le plus sûr de tous. Dans le monde d'aujourd'hui, il n'est pas facile de construire un foyer domestique et d'éduquer les enfants. Ils méritent de grandir dans un milieu protégé, aimés et désirés, avec un profond sens de leur identité et de leur valeur. Ils ont le droit d'être éduqués aux valeurs morales authentiques, enracinés dans la dignité de la personne humaine, à être inspirés par la vérité de notre foi catholique et à apprendre des manières de se comporter et d'agir qui les conduisent à une saine estime de soi et au bonheur durable. C'est à vous, leurs parents, qu'est confié en premier lieu ce devoir noble et exigeant. Je vous exhorte à accomplir votre part pour assurer le meilleur soin possible des enfants, que ce soit à la maison ou dans la société en général, alors que l'Église, pour sa part, continue à mettre en œuvre les mesures adoptées ces dernières années pour protéger les jeunes dans les milieux paroissiaux et éducatifs. Alors que vous exercez vos importantes responsabilités, soyez certains que je suis proche de vous et que je vous assure du soutien de ma prière. [...]

À mes frères évêques

On ne peut pas nier que certains d'entre vous et de vos prédécesseurs ont manqué, parfois gravement, dans l'application des normes du droit canonique codifiées depuis longtemps en ce qui concerne les crimes d'abus sur les enfants. De graves erreurs furent commises en traitant les accusations. Je comprends combien il était difficile de saisir l'étendue et la complexité du problème, d'obtenir des informations fiables et de prendre des décisions justes à la lumière de conseils divergents d'experts. Malgré cela, il faut admettre que de graves erreurs de jugement furent commises et que des manquements dans le gouvernement ont eu lieu. Tout cela a sérieusement miné votre crédibilité et efficacité. J'apprécie les efforts que vous avez accomplis pour porter remède aux erreurs du passé et pour assurer qu'elles ne se répètent pas. Outre à mettre pleinement en œuvre les normes du droit canonique en affrontant les cas d'abus sur les enfants, continuez à coopérer avec les autorités civiles dans le domaine de leur compétence. Les supérieurs religieux doivent clairement en faire tout autant. Ils ont, eux aussi, participé aux rencontres récentes, ici à Rome, pour établir une approche claire et cohérente de ces questions. Il est nécessaire que les normes de l'Église en Irlande pour la protection des enfants soient constamment revues et mises à jour et qu'elles soient appliquées de manière totale et impartiale, conformément au droit canonique.

Seule une action ferme menée de l'avant de manière pleinement honnête et transparente pourra rétablir le respect et l'affection des Irlandais envers l'Église, à laquelle nous avons consacré notre vie. Cela doit naître, avant tout, de l'examen de vos propres personnes, de la purification intérieure et du renouveau spirituel. [...]

ANNEXE 2

Extrait de la Lettre du pape François aux évêques du Chili, 8 avril 2018

[...] Je vous assure de ma prière et souhaite vous partager ma conviction que les difficultés actuelles sont également une occasion pour rétablir la confiance en l'Église, brisée par nos erreurs et péchés. Ce retour de confiance pourrait guérir quelques blessures qui ne cessent de saigner dans l'ensemble de la société chilienne. Sans foi ni prière, la fraternité est impossible. [...]

Parfois, quand ces maux ratatinent nos âmes et nous jettent dans le monde lâche, effrayé et barricadé de nos « palais d'hiver » confortables, l'amour de Dieu vient à notre rencontre et purifie nos intentions d'aimer en tant qu'hommes libres, matures et lucides. Quand les médias nous font la honte de présenter une Église presque toujours *Novilunio*, privée de la lumière du soleil de la justice, nous sommes tentés de douter de la victoire pascale du Ressuscité. Je pense comme saint Thomas que nous ne devrions pas craindre le doute (Jn 20, 25). Craignons plutôt la prétention de refuser de faire confiance au témoignage de ceux qui ont entendu de la bouche du Seigneur la plus belle promesse (Mt 28, 20). [...]

Je voudrais exprimer ma gratitude à S.E. Mgr Charles Scicluna, archevêque de Malte, et au révérend Jordi Bertomeu Farnós, officier de la Congrégation pour la doctrine de la foi, pour leur écoute calme et empathique qui a permis de recueillir récemment 64 témoignages à la fois à New York et à Santiago du Chili. Je les ai envoyés écouter avec cœur et humilité. Plus tard, quand on m'a remis le rapport, et notamment la collecte d'informations et l'évaluation juridique et pastorale, je reconnais que je me suis senti submergé par la douleur pour tant de victimes de si graves violations de conscience et de pouvoir, en particulier concernant les abus sexuels commis par diverses personnes consacrées de votre pays envers des mineurs, qui se sont vus rejetés et même privés de leur innocence.

Nous devons exprimer les mêmes sentiments et la même reconnaissance cordiale, en tant que pasteurs, à ceux qui, avec honnêteté, courage et sens de l'Église, ont demandé une rencontre avec mes envoyés et leur ont montré les blessures de leur âme. Mgr Scicluna et le révérend Bertomeu m'ont mentionné la façon dont certains évêques, prêtres, diacres et laïcs de Santiago et Osorno sont venus à la paroisse du Saint-Nom à New York ou au siège de Sotero à Providence, avec la maturité, le respect et la gentillesse qui les submergeaient.

En outre, après les jours de la mission spéciale nous avons été témoins d'un autre acte méritoire que nous devons garder à l'esprit pour d'autres occasions, parce que non seulement cela a gardé l'atmosphère de confidentialité atteinte lors de la visite, mais parce qu'à aucun moment quelqu'un n'a cédé à la tentation de transformer cette délicate mission en un cirque médiatique. À cet égard, je tiens à remercier les différents organisations et médias pour leur professionnalisme dans le traitement de cette affaire délicate, en respectant le droit des citoyens à l'information et la bonne réputation des déclarants.

Maintenant, après une lecture attentive du procès-verbal de cette « mission spéciale », je peux dire que toutes les preuves recueillies parlent en mode objectif, sans additifs, exagération, ni tentative d'édulcorer l'histoire de toutes ces vies crucifiées, et j'avoue que cela me cause beaucoup de douleur et de honte. [...]

Pour ma part, je reconnais et veux vous transmettre fidèlement que j'ai commis de graves erreurs d'évaluation et de perception sur la situation, notamment en raison du manque d'informations précises et équilibrées. Aujourd'hui encore, je demande pardon à tous ceux que j'ai offensés et espère pouvoir le faire personnellement dans les prochaines semaines, car je vais organiser des réunions avec les représentants des personnes interrogées. [...]

Maintenant plus que jamais, nous ne pouvons pas retomber dans la tentation du verbiage ou rester dans les « généralités ». Ces jours-ci, regardons le Christ. Regardons sa vie et ses gestes, surtout quand il est compatissant et miséricordieux envers ceux qui se sont trompés. Aimons-nous dans la vérité, demandons la sagesse du cœur et laissons-nous convertir.

ANNEXE 3

Extrait de la lettre de Marie Collins au pape François expliquant sa démission de la commission pontificale de protection des mineurs, le 1er mars 2017[1]

Lorsque j'ai accepté ma nomination comme membre de la commission en 2014, j'ai annoncé publiquement que si je trouvais que ce qui se passait derrière les portes closes était en contradiction avec ce qui était dit au public, je ne resterais pas. Ce moment est arrivé. J'ai le sentiment de ne pas avoir d'autre choix que de démissionner si je veux conserver mon intégrité.

Je sais que mes anciens collègues de la commission vont aller de l'avant et j'espère qu'avec le temps ils réussiront à dépasser les difficultés et apporteront les vrais changements nécessaires.

Il reste encore une victime parmi les membres de la commission même si cette personne est en congé actuellement. Je ne sais pas si une autre victime rejoindra la commission lors du renouvellement du mandat. Quelle que soit la manière dont les choses évoluent, j'espère vraiment que la voix d'une victime sera entendue.

1. https://www.ncronline.org/news/people/exclusive-survivor-explains-decision-leave-vaticans-abuse-commission

Pendant ces trois ans je n'ai jamais eu l'occasion de rencontrer le pape, mais si c'était le cas je lui demanderais de faire trois choses :

– Donner à la commission la responsabilité et les moyens nécessaires pour veiller à la mise en œuvre des recommandations une fois qu'elles ont été approuvées. Peu importe l'investissement qu'impliquent les recommandations présentées au Saint-Père, et peu importe la façon dont il les soutient, elles doivent être correctement mises en œuvre pour avoir quelque effet que ce soit.

– Donner à la commission une indépendance financière suffisante pour lui permettre de faire son travail sans avoir à faire passer chaque dépense par le processus d'approbation interne du Vatican.

– Lever les restrictions qui pèsent sur le recrutement d'experts venant de l'extérieur du Vatican.

En dépit de tout ce que j'ai dit, je crois profondément qu'il est essentiel que la commission continue son travail. Les membres sont très investis dans des projets très importants et comptent bien faire bouger les choses.

Malgré de récentes nouvelles décevantes faisant état de la réduction des sanctions infligées aux auteurs reconnus coupables de délits, je crois que le pape comprend en profondeur l'horreur des abus et la nécessité d'empêcher ceux qui pourraient mettre en danger des mineurs de le faire.

Je ne suis pas d'accord avec toutes les actions du pape, mais, pour autant que je sache, aucun coupable n'a été remis à un poste qui mettrait des enfants en danger. Si c'était le cas, mon avis serait très différent.

Ceux qui font appel à sa miséricorde pour ces affaires font du tort à tous, et au pape lui-même, car je pense qu'il ne se rend pas compte à quel point sa clémence sape tout ce qu'il fait sur ces affaires, y compris son soutien pour le travail de la commission

Je souhaite le meilleur à mes anciens collègues pour leurs travaux à venir. Augmenter la sécurité des enfants et des adultes vulnérables est si important qu'il faut continuer, quels que soient les obstacles rencontrés sur le chemin.

Marie Collins

ANNEXE 4

Extrait de la conférence du frère dominicain Adrien Candiard sur l'abus de conscience à l'assemblée générale de la Conférence des religieux et religieuses de France (CORREF), à Lourdes, le 13 novembre 2018

Quand le pape nous a demandé de prendre une journée de jeûne et de prière à la suite des révélations qui venaient de secouer, une fois de plus, l'Église américaine, je m'y suis prêté de façon un peu distanciée. Parce qu'au fond, comme vous tous certainement, je ne peux éprouver aucune forme de solidarité avec des abuseurs d'enfants : leur crime m'est proprement incompréhensible. Mais une expression du pape est venue titiller ma certitude d'être dans le camp du bien : « abus de conscience ». Je n'ai jamais, Dieu merci, été tenté de m'en prendre à l'innocence d'un enfant, mais je perçois mieux en revanche combien la frontière de la conscience de l'autre est fragile, et combien il est aisé de la saccager. Et là-dessus, ma bonne conscience à moi se trouve sur un terrain nettement plus fragile. Dans l'accompagnement d'adultes ou de jeunes, dans le sacrement de la réconciliation, dans mes petites responsabilités dans la formation des frères aussi, ai-je toujours approché avec crainte et tremblement le sanctuaire inviolable et sacré de la conscience humaine ? Si je n'ai pas mis en place de système d'abus généralisé, je ne suis pas certain d'avoir toujours fait grandir la liberté de ceux qui s'ouvraient à moi. Je ne le dis pas pour me frapper la poitrine, mais cela m'oblige à un examen de conscience régulier, peut-être quotidien.

C'est délicat parce que, dans ces domaines si sensibles, nous manipulons des matières nucléaires. Quand je dis « nous », je n'entends pas seulement les prêtres, mais bien nous tous qui pouvons, que ce soit avec des laïcs ou en communauté, exprimer une parole de nature religieuse. Nous manipulons des matières nucléaires, parce que « Dieu », le « Royaume », l'« absolu », la « sainteté » et même le « bonheur » sont des notions d'une extrême puissance, qui peuvent mobiliser ceux à qui nous parlons de manière extraordinaire, mais qui peuvent du même coup engendrer chez eux des dégâts considérables. En particulier quand ils sont, d'une certaine façon, vulnérables ; je pense en particulier aux jeunes, qui s'interrogent peut-être sur leur vocation, ou en tout cas sur le moyen de prendre au sérieux leur vie chrétienne. Parce que bien souvent, à l'exception des plus mûrs d'entre eux, l'abus de conscience, ils le demandent. Aux prises avec des questionnements vertigineux, souvent inquiétants, ils seraient apparemment très heureux qu'une parole d'autorité leur tombe du ciel non pour les aider à éclairer laborieusement leur conscience, mais pour la remplacer. Or les aider, ce n'est pas se couler dans cette demande, mais au contraire les aider à y poser des limites.

Ce n'est pas, toutefois, parce que les matières nucléaires sont dangereuses que je milite pour la sortie du nucléaire. Renoncer à parler de Dieu parce que certains en parlent mal, ce serait un peu vite jeter l'Enfant Jésus avec l'eau du bain. Mais notons que beaucoup de nos contemporains l'ont déjà fait, et que si nous ne prenons pas, pour nous-mêmes, les précautions qui s'imposent, alors la vague que nous connaissons aujourd'hui ne fera pas dans le détail. Il ne s'agit pas seulement de mettre en place des procédures pour éviter des crimes pédophiles, mais de combattre le mal à la racine, en remettant la conscience à sa place – celle d'un sanctuaire inviolable.

Parce que, dans ce domaine, le problème ne vient pas seulement des monstres et des pervers. Il y a bien sûr ceux qui veulent exercer leur puissance, compenser leurs frustrations, vivre par procuration, soulager je ne sais quelle pulsion morbide de destruction. Mais il est aussi possible, quand on est quelqu'un de bien, avec les meilleures intentions du monde, de faire beaucoup, beaucoup de mal. C'est toujours le cas quand on confond les priorités. La priorité, la seule, c'est que la personne qui se confie à moi d'une façon ou d'une autre grandisse en liberté. Qu'elle aime Dieu plus librement, qu'elle écoute la voix de l'Esprit saint qui s'adresse à elle (et pas à moi). L'ennui, c'est que moi, quand je la reçois, je veux être efficace. Je veux régler son problème, parce que je suis quelqu'un qui règle les problèmes. Avec moi, ça ne traîne pas. On sait pourtant que l'Esprit saint prend souvent son temps, et qu'une vie spirituelle authentique, précisément, ça traîne – ou du moins, ça ne suit jamais les rythmes de croissance planifiés à l'avance. Je n'ai pas toujours la patience qu'il faut. J'ai peur qu'on me juge mauvais, puisque je ne règle pas le problème. Grande est alors la tentation de pénétrer avec mes gros sabots dans la conscience qui s'ouvre à moi, pour régler le problème moi-même, surtout quand je vois bien ce qu'il faudrait faire. Il serait si facile de lui forcer la main, pour son bien ! Je crois que le mécanisme diabolique par excellence, c'est celui du raccourci : tu peux atteindre ton objectif plus vite, si tu t'arranges un peu sur les moyens… En matière spirituelle plus qu'ailleurs, pourtant, il ne sert à rien de tirer sur les carottes pour les faire pousser. Il ne sert à rien de forcer la main de quelqu'un pour qu'il agisse objectivement bien, qu'il fasse de « bonnes actions », s'il n'aime pas, ne choisit pas ce bien.

Table des matières

Annexes

DU MÊME AUTEUR

Véronique Margron

La Parole est tout près de ton cœur, Bayard, 2017.
Fidélité, infidélité, question vive, Cerf, 2017.
Solitudes nuit et jour, Bayard, 2014.
Homme, femme, quelle différence ? La théorie du genre en débat, avec Éric Fassin, Salvator, « Controverses », 2011.
Fragiles existences, orienter sa vie, Bayard, 2010, Prix des écrivains croyants 2011.
Vivre par tous les temps, CLD, 2008.
Libres traversées de l'Évangile, Bayard, 2007.
Voir le bonheur, DDB/La Croix, 2006.
La Douceur inespérée, La Bible raconte nos histoires d'amour, Bayard, 2004
Le Rosaire, méditations, ouvrage coécrit avec Claude Dagens, Le Cerf, 2003.
L'échec Traversé, ouvrage coécrit avec Fred Poché, DDB, 2003.

Jérome Cordelier

Au nom de Dieu et des hommes. La grande saga des franciscains, dominicains et jésuites, Fayard, 2017.
Rebelles de Dieu, Flammarion, 2011.
Ceux qui s'engagent, Perrin, 2007.
Une vie pour les autres, l'aventure du père Ceyrac, Perrin, 2006, « Tempus », 2007.

Manifeste contre la pauvreté, avec Martin Hirsch, pour Emmaus France, Oh ! Éditions, 2006.

Le sérail, histoire d'une promotion de l'ENA, avec Jean-Michel Blanquer, Perrin, 1995.

Composition : IGS-CP
Impression : CPI Bussière en mars 2019
Éditions Albin Michel
22, rue Huyghens, 75014 Paris
www.albin-michel.fr
ISBN : 978-2-226-44157-7
N° d'édition : 23447/01 – N° d'impression : 2042828
Dépôt légal : avril 2019
Imprimé en France